내가 바퀴벌레를 오해했습니다

내가 바퀴벌레를 오해했습니다

**펴낸날** 2023년 3월 20일 1판 1쇄

**지은이** 야나기사와 시즈마
**옮긴이** 명다인
**펴낸이** 강유균
**편집위원** 이라야 남은영
**기획·홍보** 김아름 김혜림
**교정·교열** 이교숙 나지원
**경영지원** 이안순
**디자인** 바이텍스트
**마케팅** 신용천

**펴낸곳** 리드리드출판(주)
**출판등록** 1978년 5월 15일(제 13-19호)
**주소** 경기도 고양시 일산서구 고양대로632번길 60, 207호(일산동, 대우이안)
**전화** (02)719-1424
**팩스** (02)719-1404
**이메일** gangibook@naver.com
**홈페이지** www.readlead.kr

ISBN 978-89-7277-372-6 (03830)

* 잘못된 책은 바꾸어 드립니다.
* 책값은 뒤표지에 있습니다.

야나기사와 시즈마 지음
명다인 옮김

# 내가 바퀴벌레를 오해했습니다

싫어하던 바퀴벌레 매력에 푹 빠진
젊은 과학자의 이야기

리드리드출판

Prologue

# 저는 바퀴벌레를 좋아합니다, 왜냐고요?

어둑어둑한 아열대의 숲, 헤드라이트 불빛으로 나무들을 비추며 걷는다. 나뭇가지에 매달린 사마귀, 나뭇잎을 갉아 먹는 메뚜기, 날개를 접고 쉬는 아리따운 나비가 시야에 들어오지만 멈추지 않고 계속 나아간다. 찾고 있는 생물은 아직 보이지 않는다. 혹시나 반시뱀이 나타날까 조심하며 걷는데 눈앞에 유난히 우뚝 솟은 거대한 나무가 보인다. 밑동에서 나무꼭대기까지 찬찬히 빛을 비춰보니 내 키보다 조금 높은 위치에서 꼼짝하지 않고 있는 손가락만 한 생물이 눈에 들어온다. 까만 몸에 기다란 더듬이, 가시 돋친 다리와 매끈한 광택. 순간 '여기 있다!'라고 크게 외쳤다.

크기는 약 5센티미터. 잔뜩 긴장한 더듬이가 꼿꼿하게 촉을 세우고 있다. 살짝만 건드려도 도망갈 태세다. 말랑한 몸이 뭉개질지 몰라 맨손으로 포획하기로 했다. 살금살금 다가가 오므린 손을 바짝 갖다 댄다. 속으로 호흡을 가다듬으며 숫자를 셌다.

하나, 둘, 셋.

"탁!"

오른손으로 곤충을 덮쳤다. 손안에서 까슬까슬한 감각이 퍼지는 것이 포획에 성공했음을 느낀다. 그러나 방심하면 안 된다. 무사히 케이스에 넣어야 비로소 채집이 끝난다. 도망가지 못하게 오른손 안에 가두고, 왼손으로 케이스를 끌고 와 잽싸게 넣는다. 뚜껑을 닫고 나서야 한숨 돌렸다. 그렇게 근사한 바퀴벌레 한 마리를 채집하는 데 성공했다.

나는 곤충관에서 일하며 바퀴벌레를 연구하고 있다. 일본 전국 각지에서 바퀴벌레를 채집하고 데려와 사육한다. 사육하는 바퀴벌레 종류는 약 120가지이고 수만 마리에 달한다. 내가 하는 일을 소개하면 다들 놀라서 눈이 동그래진다. 바퀴벌레가 미움받는 생물이라 그런 걸까?

지금이야 나도 당당하게 '가장 좋아하는 곤충은 바퀴벌레다'라고 말하지만, 몇 년 전까지만 해도 질색하고 혐오하는 곤충이었다. 그 까만 덩어리를 보기만 해도 몸이 굳었고, 움직일라치면 앓는 소리가 절로 나왔다.

사무실에 바퀴벌레가 나타나면 선배한테 어떻게든 처치해달라고 절규했다. 머피의 법칙인가? 희한하게도 곳곳에서 바퀴벌레를 가장 먼저 발견하는 사람은 늘 나였다.

바퀴벌레는 유명세에 비해 해충의 이미지만 부각되어 있다. 어떤 생물인지 구체적 정보나 알려진 사실이 빈약하다. '까맣고 반들반들하다', '빠르게 움직인다', '집 안에 나타난다', '번식력이 강하다'라는 정도에서만 끝난다. 그러나 실제 바퀴벌레를 연구하면 설명이 부족할 만큼 생김새나 생태가 다양하다. 바퀴벌레의 세계에 발을 들이면 그 폭넓은 연구 대상에 감탄할 거라 믿어 의심치 않는다.

이 책에는 바퀴벌레를 싫어하던 내가 바퀴벌레 연구를 시작하고, 35년 만에 일본산 바퀴벌레 신종을 발표하기까지의 여정이 담겨있다. 그리고 그들의 진면목을 추적해가는 과정이 담았다. 사람들에게 미운털이 박힌 바퀴벌레지만, 그 참모습을 알게 되면 바라보는 시선도 확연히 달라진다. 사랑스러운 느낌까지는 아니더라도 정체 모를 두려움은 줄어들 것이다. 그 여정에 이 책이 조금이나마 보탬이 되면 기쁘겠다.

이제 당신의 호기심에 시동을 걸어라!
바로 바퀴벌레의 세계로 들어가 보자!

야나기사와 시즈마

# 차례

Prologue



CHAPTER 1

## 단지 바퀴벌레라는 이유로



CHAPTER 2

## 바퀴벌레를 파헤치다

CHAPTER 5

## 바퀴벌레를 전시하다



CHAPTER 6

## 바퀴벌레 연구를 시작하다



CHAPTER 7

## 바퀴벌레를 기록하다

CHAPTER 8

## 번외편_제4의 루리바퀴



부록

## 아직 끝나지 않았다! 전 세계의 바퀴벌레



## Epilogue

CHAPTER 1

# 단지 바퀴벌레라는 이유로

# 미움받는
# 이유를 아시나요

"바퀴벌레는 왜 미움을 받아요?"

"음…."

어느 날, 곤충관 관람객의 이 질문에 나는 바로 대답하지 못하고 한참 뜸을 들였다. 바퀴벌레 강연회나 전시 때도 그렇고 바퀴벌레 취재에 응할 때도 많이 물어오는 질문인데 그날은 유달리 고민스러웠다. 만약 바퀴벌레를 미치도록 좋아하는 사람이 '이토록 근사한 생물을 왜 다들 싫어하는 거죠?'라고 물었다면 '그러게요, 왜 그럴까요'라고 동의했을 것이다.

그러나 질문하는 대다수는 바퀴벌레를 싫어했다. 바퀴벌레를 싫어하는 사람은 다름 아닌 그들인데 '왜 미움받는 걸까요?'라고 물어본들 무슨 의미가 있나 싶었다. 사람들이 가진 바퀴벌레에 대한 혐오감이 그리 단순한 감정이 아님을 이미 깨달은 터라 더욱 복잡한 심경이었던 것 같다.

바퀴벌레가 미움받는 이유로는 바퀴벌레 본연의 '성질'이 한몫한다. '까맣고 반들반들하다', '움직임이 예측 불가능하다' 등등. 그 중 '집 안으로 들어온다'라는 그 별난 취향이 가장 큰 문제다. 집이라는 평온한 공간에 낯선 곤충이 제집인 양 돌아다니면 누구든 유쾌할 리 없다. 집 안으로 들어오는 곤충 중에서도 크기가 큰 편이라 유독 미운털이 박힌 건 아닐까.

그러나 바퀴벌레만을 문제 삼기에는 뭔가 석연찮다.

곤충관 이벤트 때 마다가스카르바퀴(마다가스카르에 서식하는 유사한 형태의 바퀴벌레를 통칭한다)를 만져보는 부스를 설치했다. 체험에 참여한 남자아이가 바퀴벌레를 손에 얹으면서 물어보았다.

"이건 뭐예요?"

마다가스카르바퀴는 날개가 없고 움직임이 둔하며 집 안으로 들어오는 바퀴벌레와 닮은 구석이 거의 없어 뭔지도 모르고 만졌던 거다. 조심스럽게 '마다가스카르바퀴란다'라고 알려주자 그 아이는 '아악!' 하고 비명을 지르더니 손에서 털어냈다. 방금까지 괜찮았는데 바퀴벌레라는 이름을 듣자마자 징그럽게 느껴진 모양이다. 만약 '딱정벌레란다'라고 알려줬다면 계속 만지지 않았을까.

이제껏 보지 못했던 생김새와 움직임인데도 '바퀴벌레'라는 이름만으로 혐오감을 느낀다. 이런 반응에서 바퀴벌레가 그들의 성질 이상으로 미움받고 있음을 새삼 느꼈다.

우리는 어려서부터 바퀴벌레를 무서워하고 소름 돋게 싫어하는 어른들을 봐왔다. 이런 어른들의 반응을 답습하며 바퀴벌레에 무지한 때부터 이미 혐오 대상으로 여긴다. 바퀴벌레 퇴치용품 패키지나 텔레비전 광고만 보더라도 바퀴벌레는 불쾌감을 유발하는 해충으로 묘사된다. 해충 방역은 반드시 해야 하는 일이지만, 이런 광경을 빈번히 접하면 '바퀴벌레 = 나쁜 존재'로 각인된다.

이런 분위기에서 바퀴벌레의 무시무시한 이미지는 더더욱 거대해졌다. 바퀴벌레의 능력이 보통의 생물보다 월등하다고 믿으며 질문을 쏟아낸다.

"바퀴벌레는 인류가 멸망해도 생존한다는 말이 사실인가요?"

"바퀴벌레는 머리를 떼어내도 죽지 않는다면서요?"

인류 멸망 후의 생존 여부는 어떤 생물이든 조건에 따라 다를 테고, 바퀴벌레도 머리가 떨어져 나가면 머지않아 죽는다.

단순히 생물의 한 종인데 왜 바퀴벌레는 미움받을까? 그 답은 쉽게 나오지 않는다. 순수하게 바퀴벌레의 성질이 싫다기보다 '모두가 싫어하는 존재', '해충', '무시무시한 존재'라는 이미지가 거대한 혐오감으로 뭉쳐졌기 때문이다. 그래서 바퀴벌레가 싫다는 사람조차 '싫다'라는 자기감정을 의심하며 '바퀴벌레는 왜 미움받을까'라는 의문을 품는다.

바퀴벌레가 꺼림칙하다면 부디 '왜 싫어하는지'를 곱씹어보길 바란다. 머릿속에서 실제 감정 이상으로 혐오감을 부풀리고 있는 건 아닌지 의구심을 가지자. 그러면 바퀴벌레가 가진 이미지가 아닌 본연의 모습을 바라볼 수 있고 함께 살아갈 광명이 보일지 모른다.

## 자연의 시스템에 꼭 필요한 생물

"바퀴벌레는 박멸시켜야 돼!"

인터넷 검색창에 바퀴벌레를 치면 이런 식의 다소 과격한 글들이 올라온다.

과연 바퀴벌레는 이 세상에 필요한 존재일까? 왠지 음습한 어둠의 과학자가 할 법한 질문으로 보이지만, 결론부터 말하면 마땅히 필요한 존재다!

바퀴벌레는 생태계에서 '분해자' 역할을 맡고 있다. 잡식성이라 다양하게 섭취하고 분해한다. 낙엽, 과일, 동물의 배설물, 균류 등

등. '오오바퀴'라는 종은 썩은 나무를 먹고 생활함으로써 나무가 흙으로 돌아가는 데 일조한다.

분해해주는 생물이 없다면, 숲속은 낙엽과 썩은 나무들로 넘쳐나게 되고 새싹들은 싹을 틔울 수 없게 된다. 그러므로 바퀴벌레는 숲의 신진대사에 큰 보탬이 되는 곤충이다.

바퀴벌레는 식물 종자를 퍼뜨리는 역할도 한다. 홋카이도부터 난세이 제도(가고시마현 오스미 제도부터 오키나와현 요나구니 섬까지 약 1,200㎞에 걸쳐 있는 아열대 기후의 여러 섬)까지 분포해 있는 수정란풀은 산바퀴가 씨앗을 먹도록 유인한다. 그리고 산바퀴의 배설물로 배출된 종자는 여기저기로 퍼진다.

바퀴벌레는 다른 생물의 먹이가 되기도 한다. 오키나와현 야에야마 열도의 이시가키섬, 이리오모테섬, 고하마섬에 서식하는 야에야마야마가니Ryukyum yaeyamense 학명라는 게는 마다라바퀴의 친척들을 포식한다고 알려져 있다. 동남아시아에 서식하는 에메랄드고키부리바치Ampulex compressa 학명라는 벌은 바퀴벌레를 사냥해 유충에게 먹이로 준다. 이러한 생물들도 바퀴벌레가 있기에 생존할 수 있다.

생태계는 다양한 생물들이 얽히고설킨 절묘한 조합 속에서 유지된다. 어딘가에서 이상이 발생하면 다른 생물에게 연쇄적으로 영향이 간다. 허리 통증을 참았더니 이번에는 무릎이 아픈 느낌이랄까. 생태계도 인체처럼 모두 연결돼 있다.

만약 바퀴벌레가 세상에서 사라지면 바퀴벌레가 분해하던 것들은 삼림에 쌓이고, 바퀴벌레가 옮기던 종자의 식물들은 번식이 끊긴다. 바퀴벌레를 먹어왔던 생물들도 결국 굶주려 죽는다. 이러한 영향력이 점점 확대되면 생태계는 무너진다.

이건 바퀴벌레한테만 한정된 시나리오가 아니다. 자연을 소홀히 대하면 인간의 생활에도 연쇄적으로 영향이 발생한다. 그러므로 자연의 각 개체는 아무리 혐오스럽더라도 생태계를 지탱하는 소중한 일원이다. 없어져도 상관없는 존재가 아니다.

이렇게 거창하게 말하지만, 나도 요 몇 년 전까지는 굳건한 의지로 바퀴벌레를 싫어했다.

지금부터 바퀴벌레를 극복하고 그 매력에 푹 빠져 연구까지 하게 된 나의 여정을 소개하려고 한다. '바퀴벌레를 싫어하는(아마도 대다수)' 여러분과 똑같은 출발선에서 이야기를 시작하니 호기심을 가지고 읽어주기 바란다. 장담컨대 바퀴벌레에게 조금씩 친밀감이 생길 것이다.

더불어 내가 진행한 바퀴벌레 연구에 대해서도 이야기하려고 한다. '바퀴벌레가 얼마나 다양한지'를 풀어내는 분류학 연구다.

'집에 들어오지 않는 바퀴벌레', '다채로운 색깔의 바퀴벌레'처럼 바퀴벌레는 다양성이 풍부한 생물이다. 자연계에는 바퀴벌레가 무수히 많고 아직 인간이 발견하지 못한 '신종'도 많다. 이 신종을 발견하고 이름을 붙이는 일이 바로 나의 연구다.

바퀴벌레를 계기로 생물다양성과 분류학의 세계에도 관심을 가져주기 바란다.

# 사마귀의
# 사촌입니다

바퀴벌레를 설명할 때 "바퀴벌레는 곤충인가요?"라는 질문을 받는다. 바퀴벌레가 이래저래 공포의 대상이자 정체 모를 분위기를 자아내기 때문이다. 진실을 밝히자면 사슴벌레, 나비, 개미, 무당벌레 등과 다를 바 없는 곤충이다. 몸은 머리·가슴·배 세 부위로 구성되고 다리가 6개, 날개는 4장이다. 다리는 모두 가슴에서 뻗어 나온다.

그 생김새를 살펴보면 대체로 납작한 몸과 실처럼 기다란 더듬이를 가졌다. 가시 돋친 6개의 다리는 모두 똑같고, 배 끄트머리에 뿔 모양의 '미각(꼬리다리)'이 달려 있다. 또 하나, 날개에서 수십 개에 이르는 알이 들어있는 지갑 모양의 '알집(난협)'을 낳는다는 특징도 있다.

생물의 분류 체계를 큰 단위부터 살펴보면 계界Kingdom-문門Phylum-강綱Class-목目Order-과科Family-속屬Genus-종種Species이다. 이를테면, 집에서 자주 보여 낯설지 않은 먹바퀴Periplaneta fuliginosa 학명는 '동물계-절지동물문(육각아문)-곤충강-바퀴목-왕바퀴과-왕바퀴속-먹바퀴'로 분류된다.

흰개미 친척들도 바퀴목에 속한다. 이름 때문에 개미로 오해받지만, 개미와는 완전히 다른 생물이다. 개미는 벌목이고, 흰개미는 바퀴목이다. 흰개미가 바퀴벌레와 상당히 가까운 생물이라는

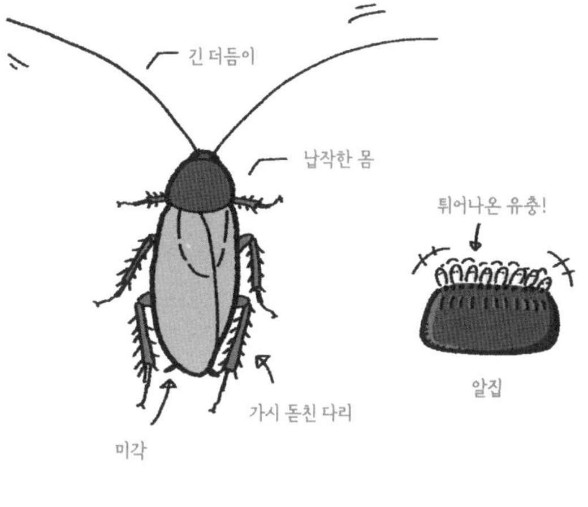


▲바퀴벌레의 특징

이야기다. 따라서 이 책에서는 바퀴목 중 흰개미 친척을 제외한 이른바 '바퀴벌레'만 다룬다.

바퀴벌레와 사마귀는 동일한 조상에서 갈라져 나왔다는 사실을 아는가? 생판 남처럼 보여도 알집을 낳고 엉덩이에 미각이 달렸다는 등 몇 가지 공통점이 있다.

사마귀는 곤충계의 유명 인사다. 2016년부터 텔레비전에서 방영 중인 '사마귀 선생'의 인기 덕분이다. 곤충 매니아로 유명한 배우 카가와 테루유키가 사마귀 탈을 쓰고 나와 다양한 곤충들을 소개하는 교양 프로그램이다. 무섭고 사나운 사마귀가 친밀하게 느

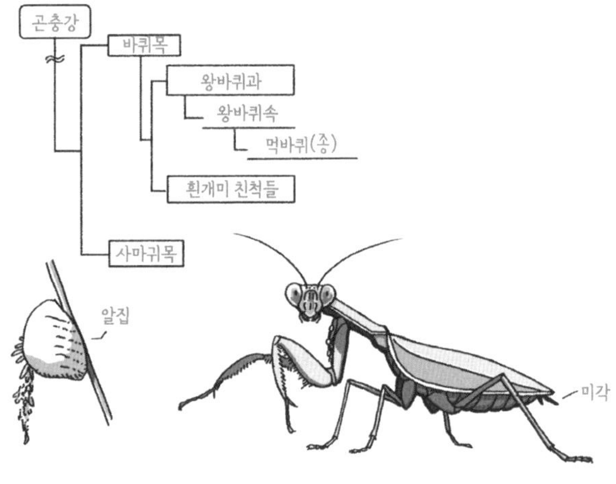


▲바퀴벌레, 흰개미, 사마귀의 관계

길 수 있는 캐릭터가 된 것이다. 그래서 곤충관을 찾는 아이들은 "사마귀 어디 있어요?"라고 묻는다. 그에 비하면 바퀴벌레는….

한쪽은 아이들이 열광하는 인기 곤충이고, 다른 한쪽은 모두가 싫어하는 불운의 곤충이다. 이 둘이 같은 조상에서 갈라져 나왔다니 그야말로 운명의 장난이 아닌가. 너무도 극심한 격차에 차라리 내가 '바퀴벌레 선생'이 돼서 바퀴벌레의 지위를 높이고 싶을 정도다.

*Column*

## 행운을 부르기도 합니다

사람들과 바퀴벌레에 관한 이야기를 나누면 '하얀 바퀴벌레를 봤다'라는 경험담을 간혹 듣는다. 일본에 구로몬치비바퀴*Anaplecta japonica* 학명라는 매우 작고 뽀얀 바퀴벌레가 있긴 하지만, 집 안에서 보게 될 확률은 매우 낮다. 새하얀 바퀴벌레의 정체는 대부분 탈피·부화한 직후의 바퀴벌레다. 일본산 바퀴벌레는 대체로 탈피·부화 직후에 색깔이 하얘지므로 아마 그 시기에 목격했을 것으로 추측된다.

"행운의 전조 아닌가요?"
하얀 바퀴벌레를 보고 궁금해서 묻는 사람도 있다. 평소에는 미움받는 바퀴벌레가 하얗다는 이유만으로 '행운'을 연상케 하다니 참 흥미로운 일이 아닐 수 없다. 만약 말 그대로 행복의 전조로 하얀 바퀴벌레를 받아들인다면 집 안에 나타나는 바퀴벌레가 흰색이라면 애지중지 아꼈을까?

바퀴벌레가 탈피한 후 흰색이 유지되는 시간은 불과 몇십 분에서 3시간 정도로 짧은 순간이다. 그러기에 만약 이를 볼 수 있다면 '행운'이기는 하다.

CHAPTER 2

# 바퀴벌레를 파헤치다

# 오해가 괴담을 만들어냈어요

"바퀴벌레는 죽기 직전에 알을 낳는다."

"바퀴벌레 한 마리가 보이면 주변에 100마리는 더 있다."

"바퀴벌레는 사람을 공격한다."

공포감 때문인지 바퀴벌레에 대한 괴담은 수도 없이 많다. 그러나 오싹한 모든 괴담은 과장된 면이 있다. 바퀴벌레를 깊이 이해하기 위해 하나씩 짚어보겠다.

'바퀴벌레는 죽기 직전에 알을 낳는다'라는 괴담에서는 바퀴벌레의 생명력이 느껴진다. 반면 묘한 불쾌감을 일으켜 사람들 입에 오르내리기 딱 좋아 보인다. 그러나 사실과 다른 부분이 있다.

바퀴벌레는 지갑 모양의 알집에 복수의 알을 차곡차곡 넣은 뒤 천천히 알집을 낳는다. 시간이 소요되는 만큼 죽기 직전에 때맞춰 산란하는 건 무리다. 그렇다면 어쩌다 '죽기 직전에 알을 낳는다'라는 말이 나온 걸까? 추측건대 '알집을 가지고 다니는' 바퀴벌레의 생태와 연관된 것으로 보인다.

먹바퀴는 알집을 낳고서 한동안 알집을 꽁무니에 달고 다니다가 적당한 장소를 발견하면 알을 깐다. 독일바퀴는 부화하기 직전까지 알집을 가지고 다닌다. 독일바퀴는 '난생卵生' 곤충이다. 이 밖에도 알집 안의 유충이 부화된 후에 낳는 '난태생卵胎生' 바퀴벌레도 있고, 알집으로 영양을 공급하면서 어느 정도 키운 다음에 낳는 '태생胎生' 바퀴벌레도 있다.

알집을 가지고 다니는 바퀴벌레를 잡을 때 슬리퍼로 내리치거나 살충제를 뿌리면 알집이 어미의 배에서 떨어진다. 바로 그 순간 알을 낳는 장면처럼 보이는 것이다. 이런 이유로 '바퀴벌레는 죽기 직전에 알을 낳는다'라는 괴담이 생겨난 게 아닐까.

두 번째는 '바퀴벌레 한 마리가 보이면, 주변에 100마리는 더 있다'라는 괴담이다. 단 한 마리일지라도 바퀴벌레를 질색하는 사람한테는 기겁할 일이다. 그 주변 어딘가에 바퀴벌레가 득실거린다니 상상만으로도 등줄기가 서늘해진다. 이 괴담이 사실이라면 한 마리만 나타나도 당장에 이사 가고 싶어질 것이다.

이 괴담의 진실 여부는 '반드시 그렇지만은 않다'이다. 물론 실내에 번식한 경우라면 100마리 이상 있을 가능성도 존재한다. 빈번하게 눈에 띄면 해충방제업체에 연락해야 한다. 그러나 바퀴벌레는 아늑한 장소와 먹이를 구하러 사방팔방 돌아다니므로 한 마리의 실내 침입도 가능한 일이다.

마지막은 '바퀴벌레는 사람을 공격한다'라는 괴담이다. 바퀴벌레는 종에 따라 비행 능력이 상이하다. 날개가 없는 종, 날개가 너무 짧아 날지 못하는 종, 독일바퀴처럼 날개가 있어도 날지 못하는 종도 있다.

우리에게 친숙한 먹바퀴는 성충이 되면 훌륭한 날개가 생긴다. 그리고 온도, 습도의 조건이 충족되고 몸 상태가 양호하면 언제 어디서든 난다. '비행이 서툴러 활공만 가능하다'라는 말도 있지만, 실은 상공을 향하거나 방향을 틀면서 날 수도 있다.

그렇다면 정말로 사람을 공격할까? 이건 바퀴벌레한테 물어보지 않는 이상 알 수 없다. 다만, 바퀴벌레는 벌이나 송충이 같은 독

침이 없으므로 적과 대면하면 공격보다는 도망, 방어 혹은 숨기를 택한다. 굳이 위험을 무릅쓰고 인간을 노린다고 보기에는 무리가 있다.

만약 사람을 향해 날아왔다면, 그 사람을 '적당한 높이의 착지점' 정도로 여긴 거다. 습격하려던 의도는 아님을 밝혀둔다.

# 알고 보면
# 개성 만점이죠

나는 곤충관에서 다양한 생물을 사육한다. 생물과 인연이 생기면 어떤 종이든지 애정이 간다. 바퀴벌레도 예외는 아니다. 내가 하는 말에 속이 울렁거릴 수도 있지만 그래도 분명히 말해둬야겠다.

"바퀴벌레는 귀엽다!"

먹이를 줄 때 옹기종기 모여드는 모습은 무척 매력적이다. 생물을 사육하면서 직접 접하는 순간은 그리 많지 않다. 접촉이 잦으면 생물이 지치고 연약해져 죽을 수 있기 때문이다. 그러니 먹이를 주는 일은 사육자가 생물에게 접근할 귀중한 기회이다. 생물이 먹이에 적극적인 반응을 보일 때 보람을 느끼는데, 그런 면에서 바퀴벌레의 반응은 독보적이다.

먹이를 넣으려고 뚜껑을 열면 바퀴벌레들은 우왕좌왕하다 꽁꽁 숨어버린다. 그러나 먹이를 두고 잠시 지켜보고 있으면, 더듬이만 쏙 내밀어 휘적거리다가 차례차례 밖으로 나온다. 그리고 앞다투어 먹기 시작한다.

"어이쿠야, 천천히 먹으렴."

허기진 아이들에게 밥을 먹이는 시골 아저씨가 된 기분이다. 내가 준 밥을 먹으며 반응하니까 재밌고 사랑스럽게 보인다.

'눈'도 매력 포인트다. 바퀴벌레를 위에서 내려다보면 방패 같은 앞가슴등판에 가려져 머리와 눈(겹눈)의 위치를 분간하기 어렵다. '머리가 보이지 않는다'라는 특징도 바퀴벌레의 혐오 이미지를 부풀리는 요인 중 하나다.

특히 먹바퀴처럼 새까만 바퀴벌레의 겹눈은 더 잘 보이지 않는다. 측면에서 뚫어지게 봐야 흑진주 같은 아리따운 겹눈이 겨우 보인다. 커다랗고 애교 넘치는 겹눈이다.

다음에 바퀴벌레와 만날 기회가 되면 부디 측면에서 눈을 찾아보길 바란다. 한도 초과된 귀여움으로 심장이 공격당할지도 모른다.

# 자세히 보면
# 화려한 옷을 입고 있어요

"바퀴벌레를 색칠해보세요."

당신은 과연 무슨 색깔을 집어 들겠는가? 예전의 나였다면 이렇게 말하면서 새까맣게 칠했을 게 뻔하다.

"색연필은 필요 없겠어. 4B 연필 한 자루만 있으면 되잖아."

그러나 먹바퀴처럼 새까만 바퀴벌레 말고도 이 세상에는 다양한 색깔의 바퀴벌레가 무수히 존재한다.

중앙아메리카와 남아메리카에 서식하는 미도리바나나바퀴Panchlora nivea_학명; 영문명은 Green banana cockroach는 이름에서도 알 수 있듯 연두색 바나나 같은 아름다운 색이다. 날개는 유리처럼 비쳐 보이고 더듬이는 오렌지색이다. 예쁜 생김새 덕분에 애완용으로 인기가 많다.

오스트레일리아에는 긴이로고슈우바퀴Polyzosteria mitchelli_학명가 있다. 긴이로金色는 금색, 고슈우豪州는 호주를 의미한다. 눈부시고 화려한 이 바퀴벌레는 청록색의 몸통과 노란색 무늬 덕에 휘황찬란하다. 게다가 종아리마디脛節(경절)마저 옅은 남색이라 천적한테 발각될까 걱정될 정도다.

필리핀과 보르네오 등에 서식하는 덴토바퀴Prosoplecta sp_학명의 친척들은 오렌지 바탕색에 검은색 점들이 있거나, 검정 바탕색에 빨간색 무늬가 있어 무당벌레와 닮았다. 다채로운 색깔에 몸도 동그스름해서 도무지 바퀴벌레로 보이지 않는다.

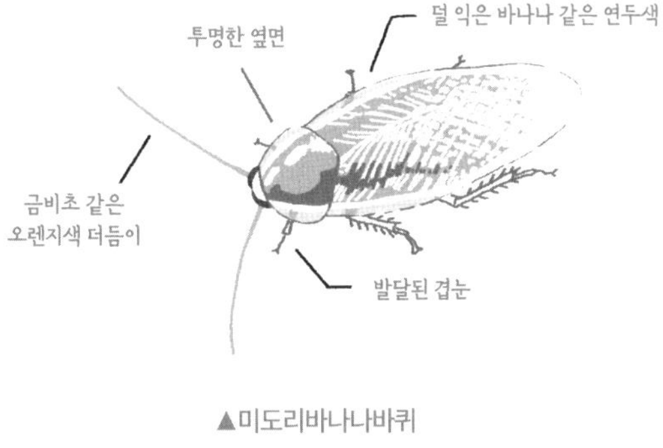


▲미도리바나나바퀴

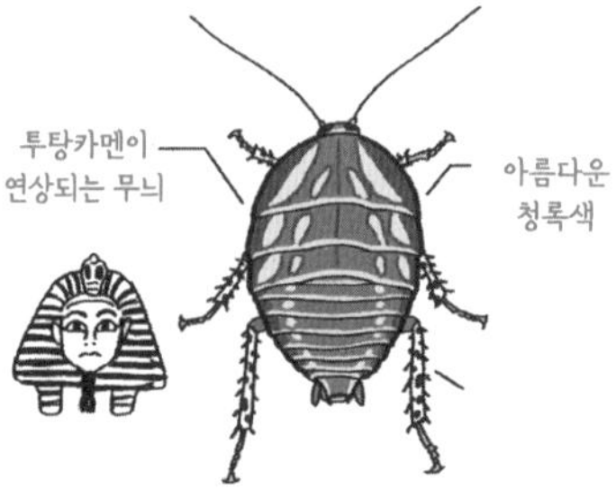


▲긴이로고슈우바퀴

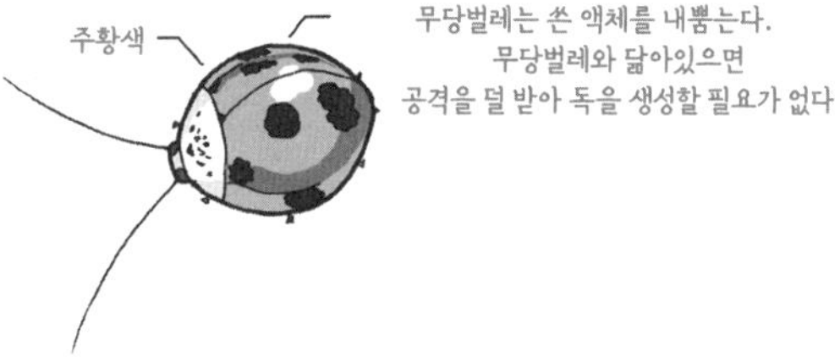


▲덴토바퀴의 일종

무당벌레는 새와 같은 포식자들한테 습격당하면, 맛없는 먹이가 되기 위해 쓰디쓴 액체를 내뿜어 자신을 보호한다. 이런 무당벌레의 색과 모양을 닮은 덕분에 바퀴벌레는 천적에게서 달아날 수 있다.

이처럼 바퀴벌레라고 모두 까맣지는 않다. 깔끔하게 검은색 하나로 바퀴벌레를 칠할 수도 있지만, 한 번쯤은 색연필 여러 개로 컬러플하게 칠해보는 건 어떨까?

# 먹거리를
# 찾아다닐 뿐이라고요

라면 가게에서 미소라멘을 먹다가 주방 싱크대에 있는 바퀴벌레를 보았다고 생각해보자. '와, 생물의 다양성을 존중해주는 근사한 가게네'라고 생각할까? 절대 아니라고 장담한다. 대부분은 '웩! 위생관리가 엉망이잖아, 더러운 가게 같으니'라고 생각할 것이다. 바퀴벌레는 해충으로 악명이 높으니 이런 반응은 당연하다. 그래서 이번에는 해충 측면에서 바퀴벌레를 알아보려고 한다.

마구잡이로 돌아다니는 바퀴벌레는 잡식성으로 병원체(살모넬라균, 이질균, 티푸스균 등)의 운반책이 될 수 있다고 알려져 있다. 오염된 장소에 들렀다가 식탁이나 식재료 등에 병원체가 있는 대변을 배설해 균을 퍼뜨리는 경우이다.

특히 실내에 출몰하는 바퀴벌레는 배수구, 싱크대 등 잡균이 많은 장소를 통과했을 가능성이 크다. 웬만하면 손대지 않고 처리하는 게 바람직하다. 숲속에 서식한다 해도 무얼 섭취하고 어디에 있다 왔는지 알 방법이 없다.

그러나 이러한 위험 요소는 모든 생명체에 잠재돼 있다. 바퀴벌레한테만 한정된 위험이 아니다. 사람도 마찬가지 아닌가. 그러므로 거북이, 물고기 등 야생의 생물을 만지고 나면 손을 깨끗이 씻어야 한다.

# 바퀴벌레의 대표 선수를 소개합니다

따스하거나 온기, 먹을거리가 충족된 장소는 바퀴벌레에게 천국이다. 이런 장소라면 숲속과 인간의 주거지 어디든 경계를 두지 않고 드나든다. 보금자리로 적합하다고 판단하면 일단 침입해서 살기 시작한다.

바퀴벌레는 종류가 많다. 그중 실내에 나타나는 바퀴벌레는 어떤 종류일까?

인간은 정체를 알 수 없는 것에 공포를 느낀다고 한다. 바퀴벌레의 이름과 구분법을 알아두면 공포감이 다소 옅어질지 모른다. 모든 종을 설명하기는 어려우니 일본의 대표적인 3종을 소개하고자 한다.

▲먹바퀴

먹바퀴Periplaneta fuliginosa_학명

집 안에 출몰하는 바퀴벌레 대부분이 먹바퀴다. 성충의 길이는 약 25~33밀리미터이고 바퀴벌레라고 하면 흔히 이 먹바퀴를 떠올린다. '먹바퀴'라는 이름에 걸맞게 몸이 까맣고 광택이 나는 특징이 있다. 그런데 자세히 보면 앞날개는 고동색이다. 유선형 몸통에서는 스포츠카 특유의 세련미가 돋보인다.

먹바퀴는 실내뿐 아니라 야생에도 많이 서식한다. 사슴벌레를 채집하러 갔다가 수액에 붙어있는 먹바퀴를 본 적 있을 거다. 홋카이도~오키나와 제도(오키나와섬)에 분포해 있다.

독일바퀴Blattella germanica_학명

먹바퀴와 자주 혼동되지만 생김새부터 매우 다르다. 성충의 길

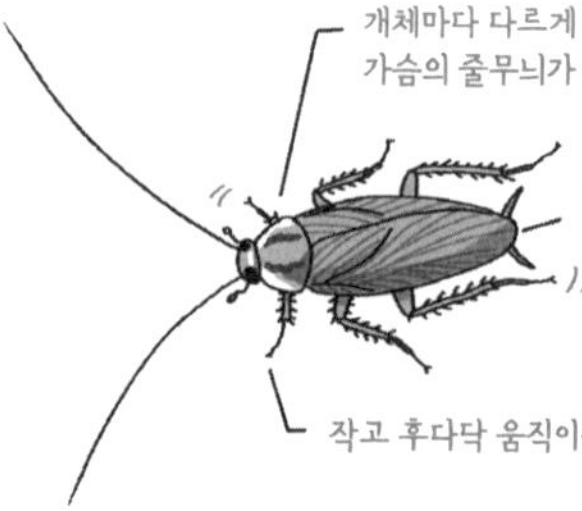


▲독일바퀴

이는 약 10~12밀리미터로 먹바퀴의 절반도 안 되는 크기다. 조그맣고 후다닥 움직이는 모습이 귀엽다.

전체적으로 밝은 갈색을 띠며 가슴에 있는 두 개의 검은색 줄무늬가 특징이다. 개체마다 무늬가 달라 비교하는 재미가 쏠쏠하다. 따뜻한 환경을 좋아해서 음식점이나 지하상가에서 자주 볼 수 있다. 야생에서는 그다지 보이지 않는다. 일본 대다수 지역에 분포해 있다.

### 이질바퀴Periplaneta americana 학명

성충의 길이는 약 30~40밀리미터다. 실내에 출몰하며, 해충으로 취급받는 바퀴벌레 중 일본 내 최대 크기다. 가슴에 링 모양의 무늬가 있어 고리 무늬를 의미하는 와몬輪紋바퀴라고도 불린다

황토색 머리와 대비되는 동그랗고 귀여운 눈동자(겹눈)가 선명

해 매력적이다. 이질바퀴는 독일바퀴처럼 사시사철 따뜻한 환경을 좋아한다. 오키나와 등 온화한 지역에서는 실내와 야생에서 모두 발견된다. 일본 전국에 분포해 있다.

살면서 만나 본 바퀴벌레는 이중 어떤 바퀴벌레인가? 실내에 나타나는 바퀴벌레는 이외에도 더 있지만, 대부분은 이들 중 하나일 거다. 혹시 바퀴벌레를 만나면 부디 어떤 종류인지 관찰해보길 바란다.

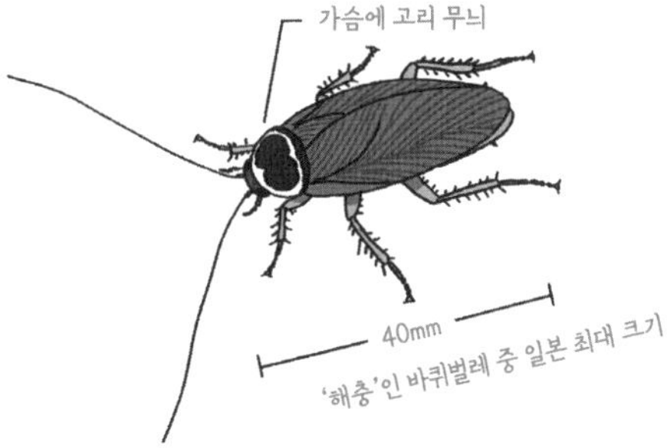


▲이질바퀴

# 사는 곳에 따라
# 사는 방법도 달라요

바퀴벌레는 전 세계에 4,600종 이상(2014년 기준), 일본에는 64종(2022년 5월 기준)이 서식한다고 보고되었다. 이건 전 세계 공통 이름인 학명이 붙은 종만 집계한 수치일 뿐 실제로는 훨씬 많을 것이다.

이들 중 집 안으로 들어오는 종은 극소수이고 야생에 서식하는 종이 압도적으로 많다. 여기에서는 야생에서 생활하는 바퀴벌레 3종을 소개한다.

### 산바퀴Blattella nipponica_학명

독일바퀴와 매우 닮았지만 야생에서만 발견된다. 삼림이나 숲,

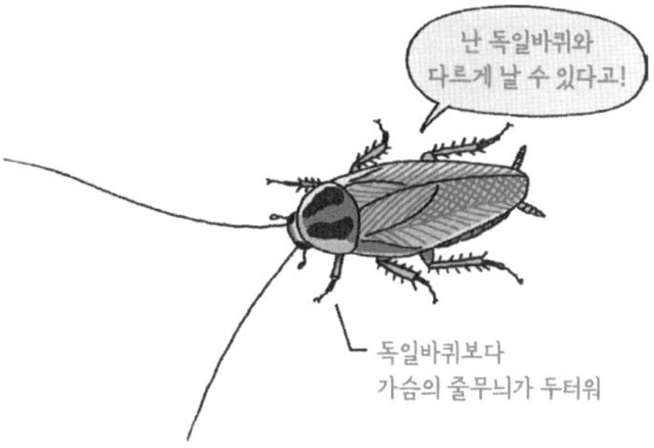


▲산바퀴

공원처럼 나무들이 무성한 환경에서 많이 볼 수 있다.

독일바퀴와 동일한 속 이지만 성충의 길이는 약 11~14.5밀리미터이고 독일바퀴보다 크다. 가슴의 검은색 줄무늬 두께는 독일바퀴보다 두툼한 경향이 있다. 일본 열도에서 가장 큰 섬으로 중앙 내륙에 위치한 혼슈 부터 아마미 군도(아마미오섬. 아마미 군도는 사츠난 제도의 남부에 위치한 아열대성 고온다습한 기후의 섬들로, 아마미오섬은 아마미 군도 중에서 가장 큰 섬이다)에 걸쳐 분포해 있다.

## 오오바퀴 *Panesthia angustipennis spadica* 학명

삼림의 썩은 나무 안에서 살아가는 바퀴벌레다. 성충의 길이는 약 36~44.5밀리미터이며 체격이 우람하고 박력 있다. 썩은 나무를 먹으며 그 안에서 생활하므로 만날 기회가 흔치 않다. 밤이 되

▲오오바퀴

면 썩은 나무 밖으로 나온 개체를 간간이 만날 수 있다. 초봄이 되면 숲속의 땅 위에서도 발견된다. 혼슈부터 오스미 제도(사츠난 제도의 북부에 위치한 섬들), 야에야마 열도(일본 열도의 최남단에 위치한 섬들로 '동양의 갈라파고스'라고 불리는 생태계의 보고다)에 분포해 있다.

### 히메쿠로 바퀴*Sorineuchora nigra* 학명

숲속의 나무 위에서 생활하는 바퀴벌레다. 성충의 길이는 약 7~8밀리미터이고 조그마한 편이다. 높은 데 살기 때문에 눈에 불을 켜지 않으면 발견하기 힘들다. 가슴둘레가 투명하고 혼슈에 있는 바퀴벌레 중 유난히 아름다워 발견하면 기분이 좋아진다.

유충은 나무껍질 밑에서 겨울을 난다. 치바현 서쪽 혼슈부터 규슈에 걸쳐 분포해 있다.

이 밖에도 일본에는 다양한 바퀴벌레가 서식한다. 조금이라도 호기심이 생긴다면 탐험을 떠나자. 바퀴벌레의 먹이가 되는 썩은 나무 주변이나 은신처로 삼기 좋은 나무껍질 안쪽을 유심히 살펴보자. 남들이 보지 못하는 생물의 생태를 관찰할 수 있다. 바퀴벌레의 시선으로 보면 분명 가까운 데서도 발견되리라.

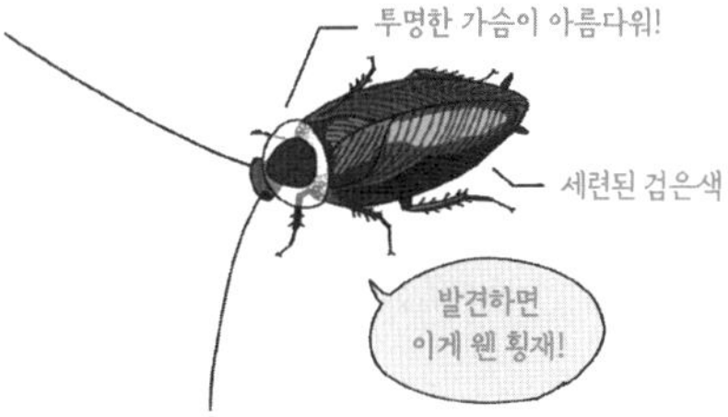


▲히메쿠로바퀴

*Column*

## 바퀴벌레 퇴치용품을 사는 바퀴벌레 연구자

바퀴벌레를 좋아하니 살충제에 반감이 있을 거라 오해하지만, 나는 바퀴벌레 퇴치용품의 열성적 관심론자이다. 이러한 제품들이 생산되고 진화된 배경에는 바퀴벌레와 인간 사이의 밀접한 관계가 있기 때문이다. 말하자면 인간과 바퀴벌레의 인연이다.

특히 'earth제약'의 '바퀴벌레 호이호이' 제품을 좋아하는데 바퀴벌레가 좋아하는 향으로 유인해 포획하는 끈끈이 트랩은 획기적 상품이다. 해외로도 수출되기에 나라별 '바퀴벌레 호이호이'를 수집해 비교해보고 있다. 일본에서는 초록색 패키지가 익숙하지만, 영국은 파란색, 홍콩은 빨간색, 하와이는 검은색이 메인 컬러다. 현지 시장에 맞춰 디자인에 공을 들인 게 엿보인다.

영어표기는 'TRAP-A-HOYHOY'이다. 이 제품이 개발되던 당시, 일본에 일어난 괴수 붐(1971년부터 1974년에 큰 인기를 얻은 변신 히어로물. TV 방송을 중심으로 발생한 일본의 제2차 괴수)에 영향을 받아 상품명이 '바퀴블러blur'가 될 뻔했는데, 무서운 이미지가 될까 봐 이리로 오라고 가볍게 손짓하는 모양의 바퀴벌레 호이호이로 수정됐다고 한다. 친근감이 드는 '호이호이'는 모든 나라에서 공통적으로 쓰이고 있다.

나는 바퀴벌레 트랩 용품에도 진심이다. 혹시 모를 바퀴벌레의 탈출 상황에 대비해 사용한다. 물론 그들의 주 생활공간 케이스에도 만전을 기하지만, 만약을 대비해 사육 중인 방 주변에 바퀴벌레 호이호이와 독 미끼를 가득 설치해놓고 있다.

참고로 스프레이형과 훈연형의 퇴치제는 사용하지 않는다. 사육 케이스 안에 있는 바퀴벌레까지 위험해지기 때문이다. 만약 집 안에 야생 바퀴벌레가 침입하면 플라스틱 통 같은 걸로 잡은 다음 그대로 냉장고에 넣어 죽인 후 표본으로 만든다.

CHAPTER 3

# 바퀴벌레의 매력을 발견하다

## 곤충은 좋지만
## 바퀴벌레는 싫어요

"언제부터 곤충이 좋았어요?"

곤충관에 근무한다고 하면 대다수 사람이 이렇게 되묻는다. 솔직히 언제부터인지 잘 모르겠다. 철들 무렵부터 생물이 좋아 곤충 채집에만 매달렸다. 초등학교 시절에는 쉬는 시간만 되면 교정에 우르르 몰려나가 장지뱀, 사마귀, 메뚜기 등 여러 생물을 잡아다 관찰했다. 어린 내게 가장 즐거운 일이었다. 곤충 덕에 목숨을 건졌다든가 뭐 그런 결정적인 계기가 있던 건 아니다.

그토록 생물을 좋아하는 나였지만 소름 끼치게 싫은 생물이 있었다. 바로 바퀴벌레다. 까맣고 번들거리는 몸, 기분 나쁘게 휘적

거리는 기다란 더듬이, 도깨비의 쇠몽둥이를 연상시키는 가시 돋친 다리. 더 이상의 설명이 필요 없는 그 곤충이 끔찍이도 싫었다. 곤충 도감에서 바퀴벌레가 실린 페이지를 펼칠 때마다 소스라치게 놀랐다. 우연히 넘긴 페이지의 사진조차 스치기 싫어 셀로판테이프로 그 페이지를 봉인했다. 그만큼 싫었다.

중학생이 되어 생물을 채집하고 사육하는 자연과학부에 들어갔다. 곤충 채집에 정신이 팔려있던 어느 날이었다. 잠시 일이 있어 교무실에 들렀는데 교감 선생님이 가까이 오라고 말하며 손짓했다.

"오, 야나기사와, 때마침 잘 왔다."

무슨 일인가 싶어 쭈뼛쭈뼛 다가가자 교감 선생님은 화장지 몇 장을 뽑더니 내 손에 쥐어주며 말했다.

"저기 저 바퀴벌레 좀 잡으렴."

세면대 아래를 가리키는 손끝에는 까맣고 반들반들한 바퀴벌레가 있었다. 상당히 힘이 빠져 보였지만 다리는 여전히 쫙 펴져 있고 더듬이도 미세하게 움직이고 있었다.

'못 해요! 저는 바퀴벌레가 싫은 걸요!'라는 말이 목구멍까지 올라왔지만 곤충 마니아라는 자존심이 그 말을 막았다. 여러 선생님

앞에서 바퀴벌레가 무섭다고 말하고 싶지 않았다. 태연한 얼굴로 화장지를 접고 또 접어 바퀴벌레를 잡았다.

손끝으로 느껴지는 말캉한 감촉 때문에 비명을 지를 뻔했지만 꾹 참고 교감 선생님이 벌린 비닐봉지 안에 넣었다.

"잘했어, 역시 자연과학부답네."

교감 선생님의 칭찬에 무심하게 반응하고 교무실을 빠져나왔다. 뭘 하려고 교무실에 갔는지 아무 생각도 나지 않았다.

# 곤충관에서 일하는 즐거움을 찾다

고등학교를 졸업하고 자연환경을 공부하는 전문학교에 입학했다. 막연히 '생물과 관련된 직업을 가졌으면 좋겠다'라는 바람이 있었다. 졸업 즈음 어떤 직업이 좋을지 고민하다 불현듯 '곤충관은 사람 안 뽑나'라는 생각이 들었다. 인터넷에 '곤충관 구인'을 검색하니 시즈오카현 이와타시의 류요 곤충자연관찰공원이 맨 처음에 떴다.

처음 들어보는 곳이라 홈페이지부터 둘러보았다. 보아하니 야생 생물이 서식하는 자연공원으로 곤충관과 소생활권 이 합쳐진 시설 같았다. 꽤 구미가 당겼다. 바로 입사지원서를 넣고 면접을 통해 채용되었다.

곤충관 직원들의 주요 업무는 '생물 사육', '전시 제작', '이벤트 운영' 세 가지다.

우선 '생물 사육'은 곤충관의 무수히 많은 생물을 매일 보살피는 일이다. 곤충관 직원 하면 가장 먼저 떠오르는 업무로 작업량도 많고 실제로도 상당한 시간을 할애해야 한다.

'전시 제작'은 사육 중인 생물들을 전시해 관람객들에게 잘 보이도록 조정하는 업무다. 케이스 내부 배치를 구상함으로써 생물에게 쾌적한 거처를 마련하고, 관람객들이 잘 보이도록 케이스를 제작하고 관리한다. 생물 이름과 생태 등 해설이 적힌 이름표도 만든다.

마지막으로 '이벤트 운영'은 류요 곤충자연관찰공원에서는 주말에 곤충 관찰 교실, 사육 방법 교실이라는 이벤트를 운영한다. 상황에 맞는 사전 준비와 진행도 맡는다. 또한, 일 년에 몇 차례 열리는 정기 기획전인 '무당벌레·사슴벌레 전시', '생물 키우는 방법'의 전시 운영도 주요 업무다.

수많은 곤충을 사육하는 곤충관은 생물에 관심이 많은 사람에게 최상의 조건이다. 나는 그렇게 점점 더 생물에게 매료되고 있었다. 그러나 바퀴벌레만큼은 여전히 싫었다.

# 사무실에서 바퀴벌레는 키우지 마세요

여느 때처럼 출근한 어느 날. 내 자리 뒤편 진열장 위에 20센티미터 정도 되는 못 보던 수조가 놓여 있었다. ‘이게 뭐지’ 싶어 들여다봤더니 웬걸, 바퀴벌레가 아닌가!

“으악! 바퀴벌레!”

너무 놀라 비명이 튀어나왔다. 그때 옆자리 기타노 선배가 웃으며 말했다.

“먹바퀴를 잡았는데 한번 키워보려고요.”

기타노 선배는 나보다 열 살 많은 직장 선배로 생물 사육과 전시 작업을 나와 함께 담당하고 있었다.

"친숙한 곤충이기도 하고 사육하기도 쉬워 보여서요. 전시하면 재밌지 않을까요."

기타노 선배의 말에 그 의도는 알겠으나, 너무도 싫은 바퀴벌레가 내 등 뒤에 계속 있다는 게 견딜 수 없었다.

"어우, 사무실에서 바퀴벌레 키우다니 말도 안 돼요."

내 말에 기타노 선배는 웃기만 했다.

기타노 선배는 매일 쿠키 조각을 넣어주며 바퀴벌레를 사육했다. 싫은 건 싫은 거다. 사무실 내에서 움직일 때마다 바퀴벌레가 불가항력적으로 시야에 들어왔다. 그때마다 오돌토돌 닭살이 돋았다. 더구나 선배는 바퀴벌레의 특성을 살리기 위해 케이스 안에 화장지 심지, 페트병 뚜껑 같은 쓰레기까지 넣어주었다. 먹바퀴는 더듬이를 움직이며 그 위를 돌아다녔다. 매일 보면 익숙해질 거라고 생각했건만, 그 바람은 부질없었다. 이후로도 나는 등 뒤에 있는 바퀴벌레에게 공포를 느끼면서 일을 해야 했다.

## 밥을 주었을 뿐인데
## 귀여워 보여요

얼마 후에 먹바퀴 케이스가 전시실로 옮겨졌다. 드디어 같은 공간에 있지 않게 되어 다행이라는 생각이 들었다. 며칠 뒤, 기타노 선배의 휴가 일정 때문에 곤충관에는 나 혼자 출근한 날이었다. 아침에 출근해서 곤충관의 문을 열고 전시 중인 생물들에게 먹이와 물을 주었다. 그러다 불현듯 생각이 났다.

'먹바퀴한테도 먹이를 줘야 하는데…'

다른 생물들을 다 둘러보고 난 뒤 먹바퀴 케이스 안을 살펴보았다. 먹바퀴는 화장지 심지 속에 숨어서 더듬이만 움직이고 있었다. 여전히 활기차 보였다.

'하루 정도 굶는다고 설마 죽지는 않겠지.'

이런 생각이 들었지만 빈 먹이통을 보자 신경이 쓰였다. 고민 끝에 곤충 젤리를 넣어주기로 했다. 눈치채지 못하게 먹이만 톡 넣으면 그만이다.

먹바퀴는 그늘에 몸을 숨기고 있으니 자극하지 않으면 튀어나오지 않으리라. 젤리 반쪽과 핀셋을 준비해놓고 심호흡을 크게 한 번 하고 나서 천천히 뚜껑을 열었다. 도중에 더듬이 움직이는 속도가 빨라져 식겁했지만 그새 잠잠해져 한숨 돌렸다. 젤리가 겨우 들어갈 만큼만 뚜껑을 열어 핀셋으로 젤리를 먹이통에 올려놓고 서둘러 뚜껑을 닫았다.

정신을 차려보니 손과 등이 땀으로 흠뻑 젖어있었다. 그래도 잘 끝마쳤으니 기분은 좋았다. 먹바퀴에게 먹이를 주었다는 생각으로 은근히 뿌듯했다. 케이스 안을 들여다보니 방금까지 숨어있던 먹바퀴가 화장지 심지에서 몸을 빼꼼 내밀었다. 쉴 새 없이 더듬이를 움직이던 먹바퀴는 곤충 젤리로 향해 기어갔다.

'오, 벌써 먹으러 오다니.'

나는 넋을 놓고 지켜보았다. 먹바퀴는 영리하게 장애물을 뛰어넘더니 어느새 젤리에 도달해 일사불란하게 먹기 시작했다. 그 모습은 사료를 기다리던 강아지나 고양이와 다를 게 없었다. 아니, 바퀴벌레가 조금 더 귀여웠다.

"세상에! 내가 지금 바퀴벌레를 귀엽다고 생각한 거야?"

무심결에 튀어나온 감정이지만 사실 바퀴벌레는 정말 귀여웠다.

## 히메마루바퀴와의 만남은 운명이었죠

2017년 3월. 곤충관 업무의 일환으로 야에야마 열도 (연평균 기온은 22~23도 사이로, 깊은 원생림 정글로 덮여 있어 희귀 생물들이 많이 서식한다)의 이리오모테섬 (야에야마 열도에서 가장 큰 섬이다. 섬의 90%가 아열대 원시림으로 천연기념물과 희귀 동식물의 보고다)으로 방문 계획이 잡혔다. 방문 목적은 곤충 중심의 사진 촬영과 사육 개체를 채집하기 위함이다. 류요 곤충자연관찰공원에는 나비, 잠자리 등이 날아다닐 만한 규모의 온실이 없다. 그래서 비교적 작은 공간에서도 사육과 번식이 가능한 종들만 채집해야 한다.

이리오모테섬의 면적 대부분은 삼림으로 뒤덮인 신비스러운 땅이다. 이리오모테살쾡이를 비롯해 관수리, 야에야마세마루하코가메[illegible]라는 거북이, 야에야마마루바네쿠와가타[illegible]라는 장수풍뎅이 등 다양한 생물들이 살고 있다.

내가 사는 시즈오카현에서 관찰되는 생물과는 다르기 때문에 예비조사가 필요했다. 한 종, 한 종 어떤 생물이 어디에 사는지 도감으로 확인했다. 생각보다 즐거운 작업이었고, 미지의 생물들을 만난다는 기대감에 두근거림이 멈추지 않았다.

사탕수수밭과 초원에서 목격되는 타이완츠치이나고는 일본에서 가장 큰 메뚜기로, 풀무치를 족히 능가하는 크기를 자랑한다. 잇츠키마이마이[illegible]라는 달팽이는 오로지 달팽이만 잡아먹는 이와사키세다카헤비 Pareas iwasakii 라는 뱀한테 물리면 생존을 위해 신체 일부를 절단하는 '자절' 행동을 한다. 조사하면 조사할수록 이리오모테섬에 발 디딜 그 순간이 기다려졌다.

또한, 이리오모테섬을 포함한 야에야마 열도에 상당히 많은 바퀴벌레 종이 있다는 사실도 알게 되었다. 그중 히메마루바퀴 Perisphaerus pygmaeus Karny 에 시선이 멈췄다. 도감에는 '암컷은 공벌레처럼 몸을 동그랗게 말 수 있다'라는 설명과 함께 동글게 말려 있는 사진이 실려 있었다. '정말로 실재하는 바퀴벌레일까?'라는 의문이 생길 정도로 '까맣고 반들반들하고 잽싸게 도망가는 일반 바퀴벌레'와 생김새가 완전히 달랐다. 이 정도면 만질 수 있겠다는 자신감까지 생겼다. 내 눈에 발견되기를 소망하며 도감을 덮었다.

드디어 이리오모테섬에 방문하는 날이었다. 시즈오카에서 주부 국제공항까지는 버스로 한 시간 반 걸려 이동했다. 여기서 비행기를 타고 두 시간 반 정도 더 가면 야에야마 열도의 이시가키섬(일본의 최남단 섬이자 야에야마 열도에서 세 번째로 큰 섬이다. 이리오모테섬과 공통된 생물종과 고유종이 많다)에 도착한다. 3월인데도 긴 소매가 조금 덥게 느껴지는 기온이었다.

이번에는 나와 기타노 선배 둘만의 여정이었다. 이리오모테섬으로 가는 페리를 타기 위해 공항을 빠져나와 택시를 탔다. 창문을 스쳐 지나가는 이시가키섬의 풍경을 바라보니 여기저기 날아다니는 호랑나비 친척들과 흑백알락나비가 눈에 띄었다.

"나비가 많네요."

"그러게요. 이 시기에도 잘 날아다니네요."

이런 이야기를 주고받는데 택시 운전사가 알려주었다.

"곧 있으면 더 많은 나비가 춤을 춘답니다."

아열대 섬다웠다. 시즈오카의 3월 초순은 배추흰나비가 날아다닐까 말까 한 계절이지, 이렇게 다양한 나비가 날아다니지 않는다. 이리오모테섬에 도착하기 전부터 기대감이 한껏 올라갔다.

페리 탑승장에 도착해 티켓을 구매하고 드디어 페리에 올랐다. 배가 별로 크지 않아서 멀미가 나지 않을까 걱정했는데, 출항해서도 심하게 흔들리지 않아 바로 잠들었다.

웅성웅성 소란스러워 눈을 뜨니 배 밖으로 섬이 보였다. 짐을 챙겨 다른 승객들에 뒤섞여 배에서 내렸다. 드디어 이리오모테섬! 꿈에 그리던 생물들이 서식한다는 섬에 발을 디뎠을 뿐인데 흥분이 가라앉지 않았다.

렌터카를 빌려 숙소에 체크인하고 그 길로 채집하러 나섰다. 어느새 주변이 어두워지고 야행성 생물들이 활동하기 시작했다. 헤드라이트를 장착하고 도로변의 초목을 둘러보았다. 이리오모테섬에서는 사키시마하브Protobothrops elegans, 학명라는 독뱀을 조심하면서 채집해야 한다.

어둠에 눈이 조금 적응되자 실로 많은 생물이 발견됐다. 채집 대상이었던 대벌레의 친척인 야에야마토가리나나후시Entoria ishigakiensis, 학명도 그중 하나다. 3월 기준으로 혼슈의 넓적배사마귀는 아직 알 상태인데, 이리오모테섬에는 커다란 유충이 있어서 신기했다. 머리 위로는 야에야마오오코우모리Pteropus dasymallus yayeyamae_학명라는 거대한 박쥐가 날아다니고, 숲속에서는 낯선 곤충의 울음소리가 들려왔다. 아아, 그래 바로 여기가 이리오모테섬이다. 지금 이곳에 있다는 것만으로도 행복했다!

대벌레, 사마귀, 메뚜기, 달팽이, 노린재. 도착한 지 하루 만에 목표하던 종을 거의 다 채집했다. 출발이 순조로웠다. 또 없을까 싶어 헤드라이트로 도로변의 나무를 비추는데, 나무줄기에 까만색 타원형이 붙어있었다. 딱 내 키 정도의 높이였다. 뭘까 싶어 바짝 다가갔는데 길게 뻗은 더듬이가 보였다.

이게 설마 히메마루바퀴? 크기는 1센티미터로 생각보다 아담하고 생김새가 바퀴벌레와 딴판이어서 확신이 들지 않았다. 바퀴벌레라고는 하나 공벌레라고 해도 믿을 판이다.

"기타노 선배, 여기 히메마루바퀴 같은 게 있어요!"

"이게 바로!"

선배는 내 손끝을 보더니 놀라워하며 말했다. 사진을 찍고선 채집하려고 손을 뻗었다. 별달리 저항하지 않아 쉽게 잡았다. 손바닥 위에 올려놓자 빙그르르 몸을 마는 게 아닌가!

"오오오오! 정말로 동그래졌어!"

동그래진다는 걸 알고 있었지만, 실제로 보니 감동이 파도처럼 밀려왔다. 대단하다, 동그래지는 바퀴벌레가 정말로 있다니! 감탄과 함께 내 머릿속에 있던 '바퀴벌레'에 대한 선입견이 무너지고 있었다.

▲히메마루바퀴

## 자꾸 생각나고,
## 자꾸 보고 싶어졌어요

시냇가에서는 야에야마마다라바퀴Rhabdoblatta yayeyamana Asahina_학명를 만났다. 성충의 크기는 일본에서 가장 큰데 유충은 위험을 감지하면 물속으로 숨어버린다. 히메마루바퀴보다 훨씬 바퀴벌레스럽게 생겨서 나는 만질 수가 없었다. '저쪽에 있어요'라고 내가 말하면 기타노 선배가 대신 채집해주었다. 매번 대신 잡아주니 나와 바퀴벌레의 접촉에는 진전이 없었다. 어느새 밤도 깊었다. 나는 낮에 히메마루바퀴를 만나 감정이 고양된 데다 '밤기운에 취해서' 내 힘으로 채집하겠다는 의욕이 꿈틀댔다. 이제는 그 어떤 바퀴벌레라도 피하지 않고 맞서리라.

각오와 다짐을 품고 바퀴벌레가 있을 만한 데를 노려 돌을 들췄다. 역시나 검은 그림자가 움직였다. 이때다 싶어 냅다 손으로 덮쳤더니 목장갑 너머로 까슬까슬한 무언가가 발버둥 치는 감각이 전해졌다. 살기 위한 몸부림!

"꺄!"

비명과 함께 손을 뗄 뻔했지만 꾹 참았다. 간담이 오싹했지만 이를 악물고 겨우 케이스로 옮겨 채집 완료! 또 한 단계, 바퀴벌레를 극복했다는 성취감에 복받쳤다.

야에야마마다라바퀴 외에도, 성충이지만 날개가 거의 없는 타원형 모양의 사츠마바퀴Opisthoplatia orientalis_학명를 발견하는 등 이리오모테섬에서 바퀴벌레의 다양성을 목도했다.

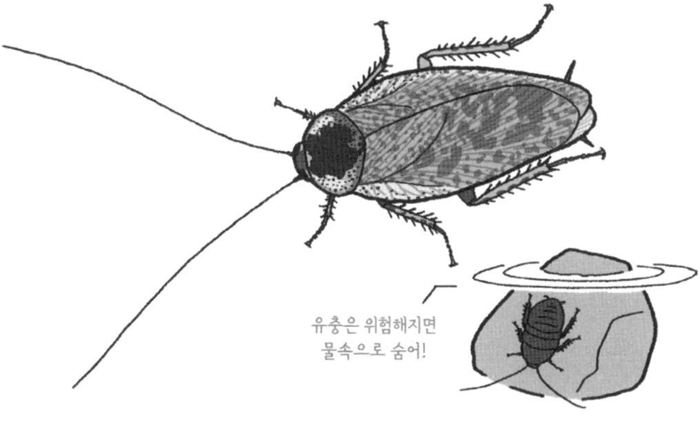


▲야에야마마다라바퀴

이리오모테섬에서 돌아와 채집해온 바퀴벌레들을 물끄러미 바라보았다. 이번 채집만으로 총 14종의 바퀴벌레를 수집했다. 고동색이 아름다운 스즈키바퀴Periplaneta suzukii Asahina_학명, 다리가 반투명한 류큐모리바퀴Episymploce sundaica_학명 등등. 쭉 늘어놓고 관찰해보니 새까만 종류는 별로 없었고 생김새는 그야말로 다양했다.

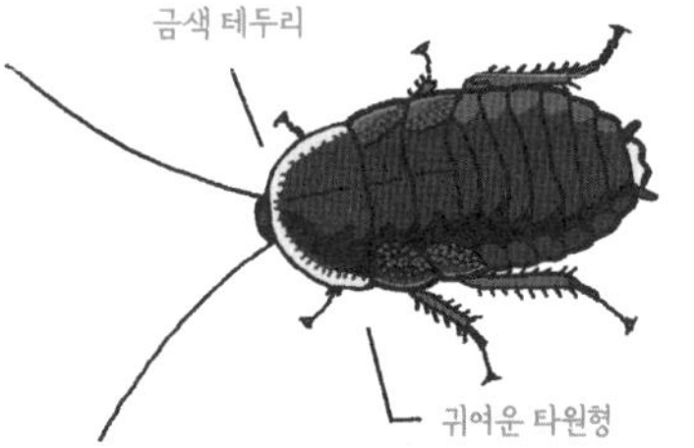


▲사츠마바퀴

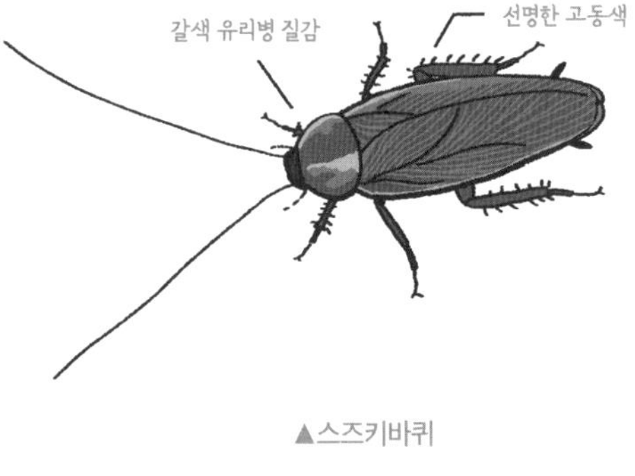


▲스즈키바퀴

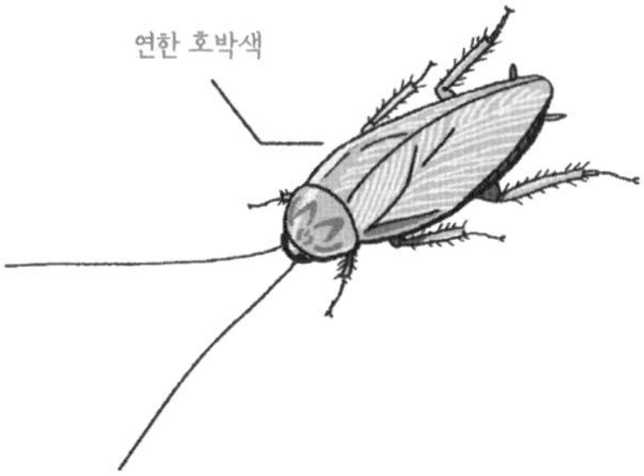


▲류큐모리바퀴

어렸을 때부터 바퀴벌레가 무진장 싫었다. 그런데 돌이켜보니 바퀴벌레가 어떤 생물인지도 모르고, 궁금해하지도 않고, 알려고 찾아보지도 않고 거부감만 가지고 있었다.

'바퀴벌레 = 불쾌한 존재!'

이 공식에 함몰돼 무조건 반사적으로 싫어했다. 그러나 곤충관에서 먹바퀴가 귀엽게 보인 순간, 굳건했던 내 고정관념이 깨졌다. 먹이를 주면 허겁지겁 몰려오는 모습은 사랑스럽다. 더듬이를 갸웃거리며 애교도 부린다. 찬찬히 보고 있으면 미소가 절로 지어진다.

게다가 세상에 존재하는 바퀴벌레는 먹바퀴만이 아니었다. 동글게 몸을 말거나, 물속으로 숨거나, 날개가 없고 색깔도 검은색이 아니었다. 기존 이미지와 다른 종의 바퀴벌레가 너무도 많아 나는 놀라움의 연속이었다.

이제 바퀴벌레는 내게 흥미로운 존재가 되었다. 나는 보다 깊이 탐구해보고 싶어 무작정 겁먹지 않고 차분하게 관찰하기 시작했다. '바퀴벌레'를 뭉뚱그려 취급하지 않고 다양한 바퀴벌레로 시선을 돌려본다. 그렇게 바퀴벌레와 진지하게 마주하자 그들만의 매력이 보이기 시작했다.

## 모두 다른 향기를 지녔다고요

바퀴벌레 중에는 냄새를 풍기는 종류가 많다. 잡아먹히지 않도록 자기를 방어하기 위함이다. 미얀마와 태국에 서식하는 히메사카가메바퀴Ergaula capucina 학명는 위험을 감지하면 배 옆에 있는 2개의 노란색 분비선을 돌출시킨다. 그리고 썩은 조개나 생선 같은 냄새를 풍긴다. 처음 이 냄새를 맡았을 때, 코를 찌르는 악취에 얼굴을 찡그렸다. 그러다 나중에는 '호랑나비 유충에서 나는 뿔 냄새랑 같잖아!'라며 감격했다.

말레이시아와 인도네시아에 서식하는 자이언트로치Archiblatta hoeveni 학명의 냄새도 고약하다. 위험을 감지하면 악취가 나는 액체를 분사한다. 믿기지 않을 정도로 약품 냄새와 똑같아 오래 맡고 있으면 건강에 해로운 느낌까지 든다. 만약 집 안에서 사육하면 방 안이 '자이언트로치의 구린내'로 가득 찰 것이다.

물론 향기로운 냄새가 나는 종도 있다. 남아메리카에 서식하는 블라베루스 기간테우스Blaberus giganteus 학명를 확 낚아채 냄새를 맡으면 말린 표고 향이 난다. 크기는 약 7~8센티미터 정도로 거대해 코에 가까이 대고 킁킁 맡으려면 담대한 도전정신이 필요하다. 그러나 그 도전이 후회되지 않을 만큼 향긋한 표고버섯 향을 맡을 수 있다.

코스타리카에 서식하는 제브라로치Eurycotis decipiens 학명를 잡으면 풋사과의 싱그러운 향이 나는 액체를 내뿜는다. 자이언트로치처럼 위험을 감지하면 액체를 분사한다. 나는 이 냄새가 좋아서 바퀴벌레를 좋아하는 사람이 곤충관에 방문하면

이 냄새를 맡아보라고 한다. 다들 처음에는 뒷걸음치지만 일단 한 번 맡으면 언제 그랬냐는 듯이 훅 들이킨다. 중독될 만큼 좋은 냄새다.

바퀴벌레는 종별로 냄새도 상이하다. 이질바퀴는 좋은 술 냄새가 나면서 코를 찌르는 짐승 냄새도 난다. 먹바퀴는 기름 냄새처럼 스멀스멀 올라오는 냄새가 난다. 집 안의 특정 구역에서 이상한 냄새가 난다면 바퀴벌레가 있다는 신호일 수 있다. 방어 목적 외에도 냄새를 뿜는다. 배설물에서도 독특한 냄새가 나는데, 사육하다 보면 이 냄새를 분간할 능력이 생긴다.

CHAPTER 4

# 시행착오의 터널을 지나 사육에 성공하다

# 어떻게 하면
# 잘 키울까

2017년 3월 중순. 이리오모테섬에서 채집해온 바퀴벌레를 사무실 책상 위에 늘어놓았다. 곤충관에 생물이 많다지만 이번 바퀴벌레는 처음 사육해보는 종류들이었다. 이럴 때는 사육 방법이 관건이다. 애써 채집해왔는데 잘 키우지 못하면 상태가 나빠져 전시에 내보내지 못한다. '어떻게 사육할 것인가'는 곤충관 직원이 실력을 드러낼 기회인 동시에 매일 골머리를 앓는 사안이다.

처음 사육하는 종이면 먼저 책이나 인터넷에서 사육 관련 정보를 찾는다. 대체로 선례가 있어 그 정보를 참고하면 된다. 만약 정보가 없다면 서식지 혹은 발견 장소를 힌트 삼아 '이렇게 하면 되겠지?'라는 방법들로 차례차례 시험해본다.

이번에 채집한 바퀴벌레도 사육 방법부터 조사하기 시작했다. 바로 실마리가 보인 종류는 우루시바퀴Periplaneta japanna_학명와 잔이질바퀴Periplaneta australasiae_학명로 움직임이 빠르고 더듬이가 기다란 '바퀴벌레답게 생긴 바퀴벌레'다. 채집 당시 도저히 만질 수 없어서 기타노 선배가 대신 채집해준 개체들이다. 이 두 종류는 실험동물로 사육되는 이질바퀴의 사례를 참고하면 될 것 같다. 아니면 이미 사육 중인 먹바퀴와 동일한 방법으로 사육해도 괜찮을 것 같다.

문제는 야에야마마다라바퀴와 히메마루바퀴였다. 이들을 사육하는 모습을 기록한 블로그를 찾긴 했지만, 구체적인 사육 정보가 적어서 나머지는 맨땅에 헤딩해야 할 판이었다. 일단은 해충 방역 업체 CIC의 '바퀴벌레 블로그'에 올라온 정보에 의지해 사육을 시작했다.

채집한 바퀴벌레는 들고 다니기 편한 작은 필름 통에 넣어놓는다. 다만, 통 안에 계속 두면 쇠약해지므로 서둘러 커다란 사육 케이스로 옮겨야 한다. 난폭한 개체이거나 다수의 개체가 함께 들어 있어 즉각적인 이동이 필요한 필름 통을 우선으로 작업한다.

많은 개체가 채집된 우루시바퀴와 잔이질바퀴의 사육 환경부터 조성했다. 사전에 준비해둔 사육 케이스 바닥에 부엽토를 1센티미터 정도 깐다. 나무껍질은 케이스의 반만큼 수북이 쌓고 틈새를 만들면 은신처가 완성된다. 바닥에 아무것도 깔지 않고 두꺼운 종이를 구겨서 겹겹이 쌓아도 되지만, 우루시바퀴와 잔이질바퀴는 삼림에 서식하는 종이라 부엽토나 나무껍질을 이용해 본래의 환경과 조금이라도 유사하게 사육하기로 했다. 먹이는 사슴벌레와 무당벌레가 먹는 곤충 젤리다.

야에야마마다라바퀴는 물가에 서식하는 바퀴벌레다. 사육 케이스에 부엽토를 2센티미터 정도 깔고 물 먹인 수태(건조된 물이끼)는 케이스 면적의 절반만큼 배치해두었다. 그리고 낙엽을 한가득 넣어 은신처를 만들었다. 나무 위에서 발견된 히메마루바퀴의 사육 케이스에는 부엽토를 깔고 나무껍질을 입체적으로 끼워 넣었다. 일정한 온도 유지를 위해 물 먹인 수태를 한 주먹 정도 넣었다. 이때도 먹이는 곤충 젤리다.

다른 바퀴벌레들도 책이나 인터넷에서 알아낸 사육 정보, 서식지, 발견 장소를 참고해 각각의 종에 적합한 사육 환경을 조성해 주었다.

다양한 생물을 사육하는 곤충관에서 '감각 익히기'가 매우 중요하다. 물론 사육 방법을 이론으로 정리해두는 방법도 유용하다. 특히 다른 사람들과 함께 사육하는 경우에는 누구 하나 빠짐없이 잘해야 한다. 케이스 내 수분 공급이나 습도 유지, 먹이 주는 방법 등 필요한 자료를 매뉴얼로 명시해두면 바람직하다.

그러나 생물 사육은 매뉴얼이 모든 걸 보장하지 않는다. 같은 종이라도 개체 차이가 있어 '사육 환경을 조성했으니까 할 일을 다했다'라고 생각하면 안 된다. 이후로도 상태를 관찰하고 몇 번이고 미세하게 조정해야 한다. 생물의 상태를 눈으로 직접 확인하며 '슬슬 물을 줄 타이밍이네', '먹이에 대한 반응은 어떤가'라고 궁리해야 잘 키울 수 있다.

바퀴벌레의 사육 환경이 잘 조성됐었는지는 시간이 조금 지나야 알 수 있다. 매일 부지런히 확인하고 천천히 개선해나갈 때 최적의 환경이 만들어진다.

# 탈출하게
# 놔둘 수 없어요

사육 케이스가 완성됐으니 이제, 바퀴벌레 투입! 우루시바퀴와 잔이질바퀴는 매끈한 벽도 잘 기어오르므로 케이스에 넣고 후다닥 뚜껑을 덮었다. 갑자기 올라오는 개체가 있어 진땀이 났지만 어찌어찌 잘 막아냈다. 방심하면 안 되겠다.

생물을 사육할 때 주의해야 할 사항에는 사육 환경, 먹이 종류를 비롯해 '탈출 대비책'도 있어야 한다. 채집한 개체가 달아나면 주변 생태계가 교란될 위험에 처한다.

외국 생물이 국내에 정착했다는 '외국 유래 외래종'에 관한 뉴스를 자주 접한다. 그런데 일본 국내의 생물일지라도 다른 지역에서 왔다면 '국내 유래 외래종'이다. 그러니 달아나지 못하도록 대비

책을 마련해놓고 사육해야 한다. 특히 독이 있는 위험한 종은 도망치다 궁지에 몰리면 사람들에게 해를 끼칠 가능성도 있다. 그러므로 탈출 대비책은 매우 중요하다. 달아나지 못하도록 대책을 잘 마련해놓고 사육해야 한다.

바퀴벌레의 탈출 대비책을 알아보다 '버터나 마가린, 물에 녹인 탤크talc(활석) 가루나 탄산칼슘을 케이스 상단에 5센티미터 정도 바르면 바퀴벌레 다리가 미끄러져 위로 올라가지 못한다'라는 정보를 입수했다. 이렇게 훌륭한 탈출 방지책이 있다니! 감동은 받았지만 지금 당장 쓸 만한 재료를 갖고 있지 않았다. 버터나 마가린을 쓸까 했는데 끈적거려서 세척이 힘들 것 같았다. 그래서 탄산칼슘을 주문하고 배송을 기다렸다. 그때까지는 밀착력이 뛰어난 뚜껑으로 덮어 탈출을 경계했다.

며칠 뒤 주문한 탄산칼슘이 도착했다. 가루 형태라서 물에 녹인 다음 새로운 케이스의 상단에 붓으로 칠했는데 잘 밀착되지 않고 줄줄 흘러내렸다.

'잘 안 되네….'

방법이 잘못됐나 싶어 다시 검색하던 중 '알코올에 녹여 칠하면 잘 밀착된다'라고 쓰인 웹사이트를 발견했다. 곧바로 소독용 알코올에 탄산칼슘을 녹이고는 쓰윽 칠해봤다. 그러자 깔끔하게 칠해지는 게 아닌가! 물과 알코올을 섞으면 표면장력이 약해져 밀착이 잘 된다는 것이다. 자세한 설명은 차치하고, 이로써 힘들이지 않고 칠할 수 있게 되었다. 이제 흐르지 않으면 된다. 알코올에 녹일 탄산칼슘의 양은 늘리고, 붓에 묻어있는 여분의 용액을 말끔히 걷어내고 칠했더니 이전보다 나아졌다.

사각 케이스의 옆면을 모두 칠하고 건조한 다음, 우루시바퀴 한 마리를 시험 삼아 넣어보았다. 혹시 모를 탈출에 대비해 왼손으로는 투명한 컵을 쥐고, 오른손에 쥔 핀셋으로는 우루시바퀴를 살살 집어 올렸다. 탄산칼슘을 칠한 케이스에 풀어놓자 패닉 상태로 정신없이 돌아다니는 바람에 나도 덩달아 패닉에 빠졌다. 히메마루바퀴처럼 바퀴벌레 느낌이 덜 나는 종류를 만질 때는 일말의 망설임도 없었지만, '바퀴벌레다운 바퀴벌레'는 여전히 꺼림칙해서 등골이 오싹오싹 떨렸다.

과연 우루시바퀴는 탄산칼슘이 칠해진 벽을 넘어 바깥으로 나올까? 호기심을 갖고 경계 태세를 취했지만 그 이상은 오르지 못하고 유턴했다. 정말로 탈출하지 않는다. 이 감동을 어떻게 표현할 수 있을까. 대단하다, 정말로 대단해!

탄산칼슘 '벽'의 위력을 눈으로 확인했으니 우루시바퀴를 원래 있던 케이스로 되돌려놓고 잽싸게 뚜껑을 덮었다. 다량의 우루시바퀴가 들어있는 이 케이스에 탄산칼슘을 바를까 고민했는데 칠하는 사이에 우글우글 몰려나오면 그야말로 대참사가 일어난다. 그래서 '벽'이 있는 새 거처가 완성되면 한 마리씩 옮기는 작전을 세웠다. 다 옮기고 나면 '케이스 밖으로 나온'다는 공포와 싸우지 않아도 된다. 이 얼마나 근사한 일인가. 역사적 발명을 최초로 목격한 기분이었다.

잠시 휴식을 취하고 새로운 케이스 만들 준비를 했다. 조금 전 탄산칼슘을 바른 케이스에 부엽토를 깔고 은신처를 만들어 우루시바퀴를 옮겼다. 은신처로 잽싸게 들어가는 개체, 벽을 오르다 탄산칼슘에 다리가 묶인 개체 등 다양한 모습을 연출했다. 이로써 탈출 리스크는 급감했다. 케이스와 뚜껑 사이에 부직포도 끼워 넣었다. 설사 꼭대기까지 올라가도 뚜껑의 그물코에 걸려 탈출이 어렵다. 마침내 완성이다. 잔이질바퀴의 케이스도 똑같은 방법으로 제작했다.

# 바퀴벌레의 일생을 아시나요

바퀴벌레는 어떤 생애를 보낼까? 도심 속 공원에서도 발견되는 산바퀴의 생애를 예시로 살펴보자.

산바퀴의 경우, 여름부터 가을에 걸쳐 알집에서 수많은 유충이 일제히 부화한다. 유충은 낙엽이나 과일을 먹으면서 몇 차례의 탈피를 거치고 유충인 상태로 겨울을 맞이한다. 낙엽 밑 혹은 풀뿌리 끝에서 겨울을 보낸 뒤 봄부터 초여름에 걸쳐 또 한 번 탈피하고 우화를 거쳐 성충이 된다. 그 후, 수컷과 암컷이 교미해 알을 낳고 겨울이 오기 전에 수명을 다한다.

이처럼 바퀴벌레는 번데기의 과정을 건너뛰고 탈피를 반복해 유충에서 성충이 되는 '불완전 변태' 곤충이다. 그런데 탈피와 우화를 겪는 시기는 종마다 다르다. 여름에 성충이 되는 바퀴벌레도 있고 겨울에 성충이 되는 바퀴벌레도 있다.

바퀴벌레 사육을 시작한 지 몇 달이 흘렀다. 채집해온 바퀴벌레 종들은 모두 잘 자라난 덕분에 유충이었던 개체들은 성충이 되거나 알을 낳으며 쾌적하게 지내고 있다.

## 생각보다
## 키우기 쉬워요

바퀴벌레가 굉장히 키우기 쉬운 생물임을 사육하면서 알게 되었다. 이유는 세 가지다.

### 첫째, 성충과 유충을 분리하지 않고 함께 사육할 수 있다

곤충 중에는 유충과 성충의 생활 방식이 다른 경우가 적지 않다. 무당벌레 유충은 부엽토에서 생활하고 부엽토를 먹으며 자란다. 부엽토 속에서 번데기가 되고, 우화하면 수액을 먹이 삼아 숲 속 여기저기를 누빈다. 배추흰나비 유충도 양배추 등 십자화과 식물의 잎 위에서 생활하면서 그 잎을 먹고 자라난다. 어느 정도 성장하면 번데기가 될 장소를 물색한다. 그리고 번데기에서 우화하면 날개를 뽐내며 하늘을 날아다니고 식물의 꿀을 먹으며 활동한다.

사육하는 동안 생물에게 쾌적한 환경을 제공해야 한다. 무당벌레나 배추흰나비의 유충과 성충은 각각 사육 방법이 다르다. 그러나 바퀴벌레는 유충과 성충 모두 유사한 환경에서 생활한다. 사육 방법도 거의 똑같아 한 개의 케이스 안에서 부화부터 번식까지 모두 가능하다. 유충이 되면 다른 케이스로 옮기고 성충이 되면 또 옮기고, 산란을 위해 새로운 케이스를 만드는 수고로움이 없다. 손이 많이 가지 않는다는 것은 사육하는 데 큰 장점이다.

### 둘째, 다수의 개체를 함께 사육할 수 있다

사마귀 같은 육식 곤충의 일부는 동족을 잡아먹기도 한다. 그래서 한 마리 한 마리를 각각 다른 케이스에서 사육해야 하므로 다소 번거롭다. 그러나 바퀴벌레는 사체를 먹을지언정 살아있는 개체를 사냥해 먹는 경우는 거의 없다. 막 탈피를 끝낸 말랑말랑한 개체를 잡아먹기도 하지만, 물과 먹이를 제때 주면 거의 일어나지 않는 일이다. 다수의 개체를 한 개의 케이스 안에서 사육하니 손도 덜 가고 한정된 시간 내에 다양한 종류를 사육할 수 있다.

### 셋째, 많이 번식한다

사육의 지속성 면에서 번식 용이성은 중요하다. 앞선 설명처럼 바퀴벌레가 사마귀처럼 동족을 잡아먹는 경우는 희박하다. 교미할 때 잡아먹힐 걱정이 없으니 같은 사육 케이스 안에 암수를 함께 넣어놓고 유유히 번식을 기다릴 수 있다. 간혹 번식이 어려운 종류도 있지만, 기본적으로는 복수의 짝이 있으면 알아서 번식한다. 그리고 수명을 다한 개체가 죽더라도 새끼가 태어난 상태라면 계속 사육할 수 있다.

이렇게 장점을 모아보니 바퀴벌레를 기르지 않을 이유가 없다. '사육 용이성'이라는 관점에서 바퀴벌레는 매우 고마운 생물이다. 게다가 '잡식성이라 가리지 않고 먹는다', '탈피 후에 하얘져서 예쁘다', '경계를 세울 때는 재빨리 움직이지만, 긴장이 풀리면 얌전해서 몹시 귀엽다' 등 사육하는 즐거움을 주는 생물이다. 어느새 나는 바퀴벌레에 사로잡혀 버렸다. 고백하자면 이제 바퀴벌레가 '좋아졌다'.

# 먹이는 고민하지 마세요

바퀴벌레는 잡식성답게 정말로 가리지 않고 뭐든지 잘 먹는다. 내가 지금까지 야생에서 확인한 것만 해도 수액, 꽃가루, 꽃잎, 과일, 새의 배설물, 낙엽, 마른 나무, 균류 등이 있다. 그래서 사육할 때 사료의 선택폭이 넓다. 시험 삼아 만두를 빚고 남은 만두피를 주기도 했다. 맛있게 먹는 모습에 얼마나 흐뭇했는지 모른다. 이처럼 먹이에 대한 반응을 즐겁게 관찰할 수 있고, 여러모로 시도해볼 수 있는 점이 사육의 묘미다.

바퀴벌레 사육을 결심했다면 내가 주로 주었던 먹이를 참고해 바퀴벌레가 마음에 들어 하는 먹이를 찾아보길 바란다.

### 곤충 젤리

주로 무당벌레와 사슴벌레 먹이용으로 판매되지만 실은 여러 다양한 생물들이 먹을 수 있는 만능 젤리다. 바퀴벌레도 곤충 젤리를 엄청 좋아한다. 영양과 수분이 동시에 충족돼 케이스 안에 넣어두면 퍽 안심되는 최강의 먹이다. 곰팡이가 잘 핀다는 유일한 단점이 있다.

### 설치류 건사료 또는 기니피그 사료

고체 형태의 사료로 구하기 쉽고 저렴하다. 큰 입자는 쪼개면 양을 쉽게 조절할 수 있어서 여분의 먹이에 곰팡이가 펴 아깝게 버리게 될 일도 없다. 한 봉지 정도는 집에 상비용으로 보관해두면 좋다.

### 열대어 먹이

플레이크 타입이라 취급이 용이하다. 하지만 냄새가 세다. 바퀴벌레들이 덤벼들 만큼 좋아하지만 그래도 먹을 수 있을 만큼만 조금씩 준다. 모든 먹이가 그러하듯 지나치게 많이 주면 케이스 내부 환경이 훼손될 위험(곰팡이, 진드기 발생)이 발생하므로 반드시 먹을 만큼만 양을 조절해서 준다.

### 채소·과일

바퀴벌레는 주로 당근, 피망, 사과를 먹는다. 사람들이 요리하고 남은 껍질 등을 모아놓았다가 먹이로 줘도 된다.

### 버섯류

새송이버섯, 표고버섯, 느티만가닥버섯을 좋아하는 바퀴벌레도 있다. 아예 관심을 보이지 않거나 아주 소량만 먹는 종류도 있으니 먹이를 줄 때 유심히 관찰해보자.

### 낙엽

먹이라기보다는 은신처 역할 겸 기분 내킬 때 먹으라고 케이스 안에 넣어 두곤 한다. 숲에서 낙엽을 가져올 때는 약을 치지 않은 데서 가져와 먼저 냉동시킨다. 또한 케이스 안에 야생 생물이 유입되지 않도록 주의해야 한다. 상수리나무, 졸참나무, 팽나무, 후박나무 등 수분감 있는 활엽수를 주로 먹는다.

### 벌꿀

바퀴벌레가 진딧물이 분비하는 감로를 먹는 걸 야생에서 목격한 후 먹이로 사용했다. 진딧물이 모아놓은 꿀을 꿀벌들이 다시 채취하면 감로꿀이 된다. 일반 꿀도 괜찮지만 가격이 비싼 데다 취급이 까다로워 굳이 먹이로 줄 필요는 없다.

*Column*

## 바퀴벌레를 먹을 수 있을까?

2019년 9월, 이와타시 류요 곤충자연관찰공원에서 '식용곤충' 전시회를 열었다. 곤충식食 문화 및 가능성을 살펴보고 곤충식이 무엇인지 알아보자는 취지로 기획된 것이다. 당연히 곤충 조리법도 함께 선보였다. 식용 대상은 귀뚜라미, 메뚜기, 거저리, 누에나방, 전갈, 지네 등이다. 약 30종류의 벌레들을(일부는 곤충이 아니다) 요리해 시식하고 맛, 향, 식감 등을 느껴보는 체험이었다. 여기에는 마다가스카르바퀴와 오오바퀴도 포함되어 있었다.

기획 전시가 열리기 며칠 전, 여러 조미료와 용기를 모아놓고 바퀴벌레를 조리했다. 마다가스카르바퀴의 외골격(게와 새우의 껍질 부위)이 단단해 일단 삶고서 복부 외골격과 다리를 가위로 잘라낸 다음 소금과 후추를 뿌려 구웠다. 오오바퀴는 단단하지만 잘 구우면 바삭한 과자로 만들 수 있겠다는 아이디어가 떠올랐다. 그래서 가시 달린 다리만 제거하고 구워보았다. 생전 맡아본 적 없는 냄새가 올라오며 식욕을 자극했다. 충분히 불에 구워 그릇에 정갈하게 담아 촬영하고 바로 시식했다. 그 맛이 궁금하지 않은가?

일단 마다가스카르바퀴의 속살이 드러난 복부를 앞니로 베어 입안에 넣었다. 씹는 순간 독특한 냄새가 퍼졌다. 마다가스카르바퀴의 사육 케이스를 열었을 때 나던 냄새다. 솔직히 좀 메스꺼웠다. 잘근잘근 씹어 맛과 냄새를 확인하고 잊지 않도록 메모해두었다.

다음은 오오바퀴다. 입안 한가득 통째로 욱여넣었다. 생선뼈를 씹는 식감이다. 고약한 냄새 없이 구수해서 무난했다.

CHAPTER 5

# 바퀴벌레를 전시하다

## 세상에,
## 바퀴벌레 전시라니

바퀴벌레 사육에 푹 빠진 나는 사육 가능한 외국종이 있는지 찾아보았다. 일본에도 애완 곤충으로 키우는 사람들이 있는지 '애완용 바퀴벌레'가 매매되고 있었다. 그중에는 한 마리에 수만 엔에 달하는 바퀴벌레도 있었다. 이렇게 애완용으로 판매되고 있다니, 바퀴벌레에 관심을 가지기 전까지는 전혀 모르던 세계였다. 얼마 전의 나라면 '돈을 준대도 바퀴벌레는 필요 없어!'라고 했겠지만, 조사하면 조사할수록 매력을 발산하는 바퀴벌레였기에 그들이 왜 사육하는지 이해되었다.

외국산 바퀴벌레는 파충류와 열대어의 먹이로도 사육된다. 고등학생 때 파충류와 고대어(수억 년 전부터 오늘날까지 멸종하지 않고 살아남은 희귀 어종의 총칭. 살아있는 화석으로도 불린다)를 사육하면서 먹이로 '두비아'라고도 불리는 아르젠틴모리바퀴Blaptica dubia_학명를 키웠던 적이 있다. 바퀴벌레는 싫었지만 두비아가 바퀴벌레처럼 생기지 않았고, 먹이로 적당해서 울며 겨자 먹기로 잠깐 키웠다. 그러던 어느 날 밤, 바스락바스락 움직이는 소리에 깜짝 놀라 모조리 도마뱀한테 줘버린 기억이 난다.

흥미가 생긴 김에 다시 키워볼까 싶어 애완용 바퀴벌레를 판매하는 가게를 검색했다. 도쿄에 있는 파충류·양서류 전문점이 인기였다. 재고를 확인하니 연두색이 아름다운 미도리바나나바퀴, 수컷 날개에 박쥐 같은 무늬가 있는 히메사카가메바퀴Ergaula capucina_학명 등 다양한 종이 판매되고 있었다.

▲인시그니스

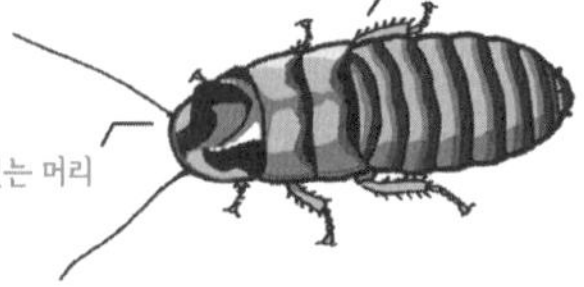


▲하바니카

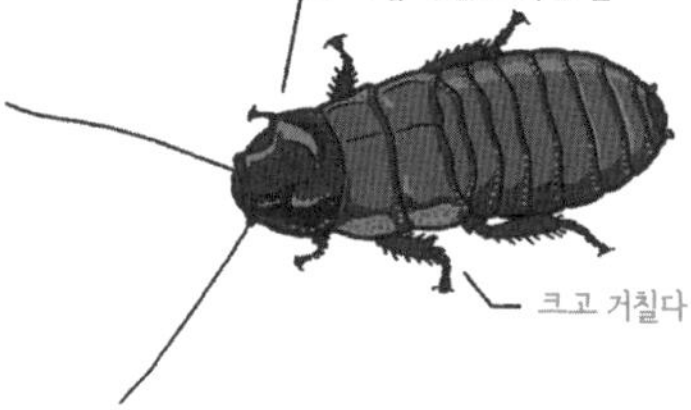


▲오브롱고나타

오사카에 위치한 바퀴벌레 가게는 여러 종류의 마다가스카르바퀴를 판매했다. 전반적으로 납작하게 생긴 인시그니스(Aeluropoda insignis Butler 사진), 검은색과 노란색 줄무늬가 있는 하바니카(Elliptorhina javanica 사진), 커다란 몸집이 박력 넘치는 오브롱고나타(Gromphadorhina oblongonota 사진) 등 마다가스카르바퀴 종류가 다양했다. 마다가스카르바퀴 자체는 곤충관에서도 사육해본 적이 있지만 이렇게 종류가 많은지는 처음 알았다. 파헤치면 파헤칠수록 매력적인 바퀴벌레가 자꾸 나온다. 문득 생각했다.

"바퀴벌레 전시를 한번 기획해볼까…?"

# 이왕 하는 거
# 제대로 보여드리겠습니다

얼마 전부터 곤충관에서 먹바퀴를 전시하고 있다. 아이러니하게도 비명을 지르거나 '속이 메스껍다'라고 말하면서도 흥미진진하게 관찰하는 관람객이 많았다. 그 광경을 보고 있자니 '실은 다들 바퀴벌레에 애증을 가지고 있는 게 아닐까?'라는 생각이 들었다.

바퀴벌레를 전시하기 전, 간단하게 기획안을 작성해 관장님과 기타노 선배에게 제안했다.

"이 기획 괜찮아 보이지 않나요?"

"재밌어 보이네요."

순식간에 개최가 결정됐다. 하지만 관람객이 얼마나 올지 가늠이 안 돼 기획전이 없는 2월부터 4월까지 열기로 했다. 이때는 곤충이 겨울을 나는 시기이다. 전시 가능한 생물이 적어 고민거리가 많아지는 시기이기도 했다. 바로 이 시기에 남쪽 섬, 외국 등 기온이 높은 지역에는 1년 내내 활동하는 바퀴벌레가 효자 노릇을 자처했다. 겨울에도 바퀴벌레 성충을 전시할 기회였다.

개최도 결정됐으니 우선 전시할 바퀴벌레를 확보해야 했다. 바퀴벌레를 판매하는 가게와 양식자한테 연락해 외국종을 중심으로 구매했다. 이참에 바퀴벌레의 이미지와 조금 동떨어진 생김새의 바퀴벌레를 고르려고 노력했다. 연두색 미도리바나나바퀴, 날개가 짧고 가슴에 노란색 무늬가 2개 있는 히카리몬바퀴Lucihormetica verrucosa_학명, 전체적으로 동그랗고 날개에 물음표 부호가 있는 하테나바퀴Therea olegrandjeani_학명 등 개성 넘치는 무늬의 바퀴벌레가 한데 모였다. 그중 가장 박력 넘치는 바퀴벌레는 요로이모구라바퀴Macropanesthia rhinoceros_학명다. 세상에서 가장 무거운 바퀴벌레로 손바닥만 한 크기와 그 묵직함은 큼직한 찹쌀떡 같다. 유칼리나무 숲의 땅에 구멍을 뚫고 그 안에 유칼리 낙엽을 모아놓고 생활한다. 성충이 유충을 키우는 재미있는 습성까지 가지고 있다.

총 40여 종의 바퀴벌레를 사육실에 펼쳐놓자 장관이 따로 없었다. 전시가 시작되기 전까지 더 많이 관찰하고 더 많은 매력을 발굴할 계획이다.

바퀴벌레 전시가 얼마 남지 않은 시점에서 신문사의 취재 요청이 들어왔다. 이벤트 개요, 관람 포인트를 정리한 자료를 시청 광고 담당자에게 전달해 미디어로 송출했다. 나는 기획 담당자로서 이 전시를 위한 적당한 직함이 있으면 재밌겠다는 생각이 들었다.

'달팽이 전시'를 기획할 때도 '마이마이마이스타(마이마이는 달팽이의 일종이다)'를 자칭해 달팽이의 매력과 사육하기 좋은 달팽이를 소개한 바 있다. 이번에도 이름을 지어 명찰을 달면 친근하게 다가갈 수 있지 않을까 생각했다. 고민 끝에 '바퀴벌레스트'라고 정하고 전시를 위한 홍보활동을 흥미롭게 해나갔다.

# 전시회 주인공이 빛나는 무대를 만들어라

전시 개최 일주일 전, 슬슬 마음이 다급해져 바퀴벌레의 전시 케이스 제작에 돌입했다.

전시는 '잘 보이는' 게 가장 중요하다. '곤충이 있다면서 숨어서 하나도 안 보인다'면 관람객은 빠르게 흥미를 잃는다. 모처럼 생물의 매력을 알릴 기회를 놓치면 안 된다. 잘 보이는 전시, 그리고 가능하면 아름답고 재미있는 전시가 이번 기획의 목표다.

바퀴벌레 전시 케이스를 만들기 시작하자마자 문제가 생겼다. 히카리몬바퀴, 하테나바퀴 등 숨기를 좋아하는 바퀴벌레들이 땅속으로 들어가 자취를 감췄기 때문이다. 이 숨바꼭질의 달인들은 흙이 1센티미터만 있어도 꿈틀꿈틀 대며 흙을 이불처럼 덮고 몸을 숨긴다. 이걸 당해낼 재간이 없었다. 그렇다고 흙을 과하게 걷어내면 밑바닥이 드러나 미관상 좋지 않을 것이다. 머리를 쥐어짜봤자 지금 당장은 시행착오를 겪을 수밖에 없었다. 흙의 종류를 바꿔 보기도 하고, 최대한 얇게 깔아 보기도 하고 아예 많이 부어 보기도 했다.

이틀 정도 지나자 드디어 실마리가 보였다. 낙엽이나 나무가 퇴적된 유기물질인 피트모스에 수분을 먹여 꾹꾹 눌러 깔면 바퀴벌레들이 숨고 싶어도 숨을 수가 없다. 사실 이렇게 해도 흙을 파내기 때문에 주기적으로 다시 깔고 또다시 꾹꾹 눌러야 하지만 그래도 훨씬 잘 관람객들이 관찰할 수 있을 것이다. 번거롭긴 했지만 피트모스를 다시 메우는 작업을 반복하면서 원래의 상태를 유지하기로 했다.

# 드디어 D-day,<br>호기심이 생겼어요

2018년 2월 3일, 바퀴벌레 전시 첫날!

38개의 전시 케이스에는 다양한 바퀴벌레가 와글와글 기어 다녔다. 개관 시간이 되자 관람객들이 드문드문 들어왔다. 접수대에서서 나는 큰소리로 외쳤다.

"바퀴벌레 전시 중입니다!"

"바퀴벌레 전시?"

"음, 재밌겠는데!"

여기저기서 반응이 들려왔다. 내 명찰에 적힌 '바퀴벌레스트'에 호기심을 보이는 사람도 있었다. 자연스럽게 대화를 나누며 훈훈한 분위기에서 관람객들을 전시장으로 안내했다.

잠시 후, 전시실에는 바퀴벌레를 구경하는 이들로 가득했다. 진지한 얼굴로 관찰하는 사람부터 꺅꺅 소리 지르면서 즐겁게 구경하는 가족들까지 각양각색이었다. 귀를 쫑긋 세우고 있는데 여러 말들이 들려왔다.

"자세히 보니 재미있네."

"케이스 안에 있으니까 봐줄 만하네."

한 남성 관람객이 내게 다가와 물었다.

"집에서 보이는 바퀴벌레는 어떤 종류인가요?"

종류가 이렇게나 많으니 평소에 보던 바퀴벌레가 어떤 종류인지 모를 만도 하다.

"아, 먹바퀴는 저쪽에 있습니다."

나는 먹바퀴가 전시된 곳으로 그를 안내했다.

"집에서 나오는 바퀴벌레가 독일바퀴가 아니었네요."

"독일바퀴도 나오긴 하는데 독일바퀴는 먹바퀴에 비해 굉장히 작습니다. 몸 색깔도 갈색에 가까워요."

"듣고 보니 집에서 본 바퀴벌레가 이 바퀴벌레 같네요."

남성 관람객은 먹바퀴를 물끄러미 보더니 고개를 끄덕이며 말했다.

그렇게 약 두 달 동안 바퀴벌레 전시는 성황리에 끝났다. 전시 때 배치해두었던 설문지를 보는데 '하고 싶은 말' 칸에는 격려가 담긴 따스한 말들이 가득했다. '왜 이런 전시회를 여는 거죠. 불쾌함을 감출 수 없네요'라는 비판적인 의견은 단 하나도 없었다.

전시회 후일담도 들려왔다. 바퀴벌레 전시를 본 후 '집에서 바퀴벌레를 뭉개버렸는데 아이가 울더라'라는 에피소드였다. 바퀴벌레가 가여워서 울었다는 얘기, 키우려고 했는데 죽어서 울었다는 얘기. 바퀴벌레를 한 마리의 생명으로 여겨준 그 아이들에게 고마웠다. 이 전시를 기획한 보상을 받은 것 같아 뭉클해지기까지 했다.

바퀴벌레는 모든 이에게 미움받고 있기 때문에 의외의 면이 반전 매력으로 다가온다. 길고양이를 챙기는 불량소년이 특별한 이유 없이 무척 좋은 사람으로 보이는 것처럼 말이다.

"사육 케이스 안에 있으니까 조금 귀엽네."

"세상에! 이런 바퀴벌레도 있다니!"

이런 반전 요소가 부정적인 이미지를 단박에 긍정적으로 뒤집었다. 전시회가 호평 속에 끝나 안도하면서 나는 '바퀴벌레의 매력을 더 알리고 싶다'라는 목표가 생겼다. 바퀴벌레를 싫어하던 나도 결국 바퀴벌레가 좋아지게 된 것처럼 다른 사람들도 감정이 크게 변할 것으로 믿는다. '바퀴벌레스트'로서 앞으로 어떤 일을 할 수 있을까? 나는 바퀴벌레의 세계로 더 깊숙이 들어가고 있었다.

*Column*

## 울음소리가 똑같을 수 있나요?

'울음소리를 내는 곤충' 하면 어떤 곤충이 먼저 생각나는가?
여름에는 매미의 대합창이 울려 퍼지고, 가을에 우는 곤충으로는 귀뚜라미가 유명하다. 가을이 왔을 때 녹음이 조금이라도 남아있는 장소로 가 귀를 기울이면 다채로운 곤충의 울음소리가 들려온다.
당연히 바퀴벌레 중에도 울음소리를 내는 종류가 있다. 방울벌레나 매미처럼 구애의 목적으로 날개를 비비면서 길게 우는 건 아니다. 위험을 감지할 때 내는 소리로 '잡아먹지 마!', '다가오지 마!'라는 신호다.

대표적인 종류는 마다가스카르바퀴의 친척들이다. 곤충들의 호흡 기관인 기문으로 공기를 내보낼 때 '푸슝, 푸슝' 소리가 나기 때문에 영어로는 'Hissing Cockroach(쉭 하는 소리를 내는 바퀴벌레)'라고 부른다. 마다가스카르바퀴 종류에는 엄지손가락만 한 크기부터 찹쌀떡만 한 크기까지 다양하다. 크기가 큰 종류일수록 울음소리도 크다. 가로세로 20미터 크기의 방의 모퉁이에서도 들릴 만큼 우렁차게 우는 종도 있다.
소리를 낸다는 특성이 포식자에게 얼마나 영향을 미칠지는 알 수 없다. 그러나 강력한 무기가 없는 바퀴벌레의 상황에서는 잡아먹히지 않기 위한 필사의 저항이다.

마다가스카르바퀴는 매일 꾸준히 만지면 소리를 내지 않는다. 손길에 익숙해진 건지, 소리를 내봤자 의미 없다고 느낀 건지 아니면 포기한 건지도 모른다. 이유가 뭐든 바퀴벌레가 연약해지므로 지나치게 자주 만져서는 안 된다. 울음소리가 궁금해도 과도한 접촉에 주의하길 바란다.

CHAPTER 6

# 바퀴벌레 연구를 시작하다

# 기대를 품고 떠난 오키나와 요나구니섬

"올해는 어디로 갈까요?"

이리오모테섬으로 채집 출장을 다녀온 지 어언 일 년. 2018년에도 채집 출장을 가기로 했다. '바퀴벌레 전시'가 열렸던 해이다. 다른 섬으로도 떠나서 여러 생물을 발견하고 싶었다. 이리저리 고민하면서 가고시마현과 오키나와현의 섬들을 살펴보기 시작했다.

아마미오섬에는 아마미노쿠로우사기Pentalagus furness_학명라는 토끼, 게나가네즈미Diplothrix legata_학명라는 쥐, 페리에베니보시카미키리Rosalia(Eurybatus) ferrici Vuillet_학명라는 하늘소, 스지부토히라타쿠와가타Dorcus metacostatus_학명라는 사슴벌레 등 굉장히 매력적인 생물들이 서식하고 있다. 미야코섬(오키나와 제도에서 네 번째로 큰

섬) 역시 미야코히키가에루Bufo gargarizans miyakonis_학명라는 두꺼비, 미야코히바Hebius concelarus_학명라는 뱀 등 흥미로운 양서류와 파충류가 살아가는 섬이다.

어디로 갈지 기타노 선배와 회의한 끝에 남쪽에 위치한 섬으로 결정했다. 출장을 떠나는 3월은 기온이 차차 올라가긴 해도 생물들이 본격적으로 활동하는 시기가 아니었기 때문이다. 해가 떨어지면 제법 쌀쌀해서 곤충도 활동에 제약을 받는다. 그래서 가능하면 온화한 지역이 좋았다.

오키나와현 최남단에는 하테루마섬이 있다. 작년에 방문한 이리오모테섬, 이시카키섬과 더불어 야에야마 열도에 속하는 섬이다. 그러나 여기는 숲이 별로 없어 채집이 어려워 보였다. 다시 숲이면서 채집하기 적당한 섬을 물색하다 요나구니섬이 후보에 올랐다.

요나구니섬은 일본의 최서단에 위치한 섬이다. 오키나와의 나하 지역에서 약 500킬로미터, 대만에서 약 100킬로미터 떨어져 있어 오키나와보다 대만에 더 가깝다.

구글 지도의 항공사진을 보니 숲이 울창했다. 요나구니마루바네쿠와가타Neolucanus insulicola donan_학명라는 사슴벌레, 요나구니마이마이Satsuma caliginosa picta_학명라는 달팽이 같은 토종 생물들이 서식하고 있어 매력적으로 다가왔다.

바퀴벌레 종류도 조사해봤다. 후타텐코바네바퀴Lobopterella dimidiatipes_학명, 오가사와라바퀴Pycnoscelus surinamensis_학명처럼 오키나와에서 흔하게 발견되는 종류 외에도 '수수께끼 루리바퀴'가 서식한다는 정보를 알아냈다. 수수께끼 루리바퀴는 일본에서 가장 아름답다고 알려져 있다. 주로 이사기키섬과 이리오모테섬에 서식하는데 요나구니섬에서도 닮은꼴 바퀴벌레가 발견됐다. 이 루리바퀴가 이시가키섬·요나구니섬의 루리바퀴(루리바퀴속 루리바퀴)와 동일한 종인지 아니면 신종 후보인지 아직 확실치 않아서 '수수께끼'이다. 그래서 더욱 이 바퀴벌레를 꼭 한번 보고 싶었다. 채집에 성공해 사육에도 도전해보고 싶다. 모험심을 자극하는 존재에 내 마음은 이미 요나구니섬에 가 있었다.

드디어 수수께끼 바퀴벌레를 채집할 기회가 왔다. 직접 내 눈으로 볼 수 있다는 기대감에 의욕이 활활 불타올랐다.

# 수수께끼
# 바퀴벌레를 찾아라

2018년 3월. 요나구니섬에 도착한 우리는 곧장 채집에 나섰다. 요나구니섬은 이리오모테섬이나 이시가키섬보다 건조한 환경이 많아 생물들이 많이 모여 있는 곳이 좀처럼 발견되지 않았다. '여기는 뭐라도 있겠지?'라고 짐작한 장소마저도 꽝이었다. 채집 실력이 미숙한 건지, 시기가 문제인 건지 아니면 요나구니섬 자체가 곤충 채집하기 어려운 지역인지….

그런데 밤이 되자 상황이 180도 달라졌다. 이쪽저쪽에서 다양한 곤충들이 나오는 게 아닌가. 손바닥 길이 정도의 대벌레목으로 일본에 두 종류밖에 없다는 전갈 중 하나인 마다라사소리

Isometrus maculatus_학명까지 나왔다. 요나구니아카아시카타조우무시Metapocyrtus yonagunianus_학명라는 바구미와 요나구니마이마이처럼 요나구니섬의 이름을 딴 생물도 발견됐다. 역시 난세이 제도는 흥미진진하다. '판타스틱!'이라고 외치고 싶을 만큼 여러 생물과 만났다.

바퀴벌레도 다량 발견했다. 우아한 검은색의 우루시바퀴, 고운 호박색의 모리바퀴의 친척들, 유리세공 무늬가 있는 우스히라타바퀴Onychostylus pallidiolus pallidiolus_학명 등이 눈을 돌리는 곳마다 군데군데 붙어있었다. 바퀴벌레를 좋아하는 사람에겐 천국 같은 광경이다. 촬영하면서 채집을 멈추지 않았다.

그러나 '수수께끼 루리바퀴'는 아무리 찾아봐도 정말이지 눈에 띄지 않았다. 사실 루리바퀴의 친척을 채집해본 경험도 없어서 어떤 환경에서 발견될지 미지수였다. 수컷 성충은 대낮에 숲속을 비행하거나 낙엽 위에서 발견된다고 하는데, 암컷 성충과 유충에 대한 정보는 전무했다.

이리저리 둘러봐도 '수수께끼 루리바퀴'만은 보이지 않았다. '그렇게 희귀한 곤충이 호락호락 나타날 리 없지'라며 반쯤 포기 상태가 되었다. 대신 다른 생물들을 발견하는 데 전념했다.

새벽까지 채집하느라 다음 날은 점심 지나고서 움직였다. 슬슬 적응되면서 낮 동안에도 생물을 발견했지만 그래도 야행성 생물을 보려면 역시 밤이 최고였다. 여유롭게 무당벌레를 찾아다니면서 해가 저물기를 기다렸다.

이윽고 밤이 되었다. 활동하기 시작한 생물들을 관찰하는데 난데없이 그 순간이 찾아왔다. 한 수목에서 1센티미터 정도의 크기에 털이 난 갈색 생물을 발견한 것이다. 오매불망 기다리던 그 모습에 소름이 돋았다.

"찾았다! 루리바퀴!"

의심할 여지없는 루리바퀴속 유충이었다. 손이 떨려 잘 안 잡히면서 당황하는 사이에 유충이 밑으로 또르르 떨어졌다. 헤드라이트로 어둠을 헤치며 필사적으로 찾아보았지만 그림자도 안 보였다. 또 다른 개체를 찾으려고 두리번거리는데, 근처에서 채집 중이던 기타노 선배가 갈색 물체를 가리키며 말했다.

"얘는?"

유심히 보니 루리바퀴 유충이다. 이번에는 실수 없이 채집했다.

그래도 처음 발견한 그 한 마리가 자꾸 눈에 밟혔다. 아까 떨어뜨린 데를 다시 샅샅이 수색했다. 10분 정도 흘렀을 때 애타게 찾던 그 루리바퀴를 흙 속에서 발견했다. 나도 모르게 로또 1등에 당첨된 것마냥 외쳤다.

"오오오오!"

사실 나한테는 로또 1등보다 가치가 높은 생물이라 어찌 보면 당연한 반응이었다. 그 후로도 그 근처를 한참 뒤졌는데 다른 개체는 발견되지 않았다.

숙소로 돌아와 채집한 두 마리를 면밀하게 관찰했다. 바퀴벌레의 성별은 복부 끄트머리로 구별한다. 루리바퀴 수컷은 복부 마디가 9개, 암컷은 7개다. '수수께끼 루리바퀴'의 복부 끄트머리를 보니 한 마리가 다른 한 마리보다 마디 수가 더 많았다. 암수 한 쌍이라니 기적이다. 잘만 사육하면 번식도 가능하다.

이 두 마리를 끝으로 더는 발견하지 못했지만 그럼에도 만족스러운 성과다. 시즈오카로 돌아가는 길은 흥분 그 자체였다.

간신히 채집한 '수수께끼 루리바퀴'는 아직 유충이라 전반적으

▲수컷과 암컷의 구분법

로 갈색이었다. 보통의 루리바퀴와 뭐가 다른지 차이점을 알아내려면 성충으로 부화시켜야 한다. 암수 한 마리씩을 채집했으니 이참에 번식까지 성공하면 금상첨화다.

바로 곤충관 사육 케이스 제작에 돌입했다. 10센티미터 정도의 사육 케이스에 부엽토를 깔고 한쪽에는 물에 적신 수태를 두었다. 나무껍질을 세워 꽂고 먹이로는 곤충 젤리를 넣었다. 이런 식으로 두 개의 케이스를 만들고 각각 다른 케이스에서 암컷과 수컷을 사육했다.

바퀴벌레 전시 때 양식자를 통해 루리바퀴를 구입해 사육했던 기억을 되살렸다. 이때의 경험을 미루어보면 루리바퀴 친척의 수컷 성충은 수명이 짧았다. 부화하고 두 달 정도 지나면 상당히 쇠약해진 기억이 난다. 그러므로 수컷이 먼저 부화하고 암컷이 뒤늦게 부화해 성충의 시기가 어그러지면 번식이 불가능해질 가능성이 농후했다. 그래서 수컷은 낮은 온도, 암컷은 높은 온도에서 사육해 암컷의 부화를 앞당기는 작전을 세웠다.

# 삐뚤어진 생물학자 시마노 교수를 만나다

바퀴벌레 전시가 한창이던 어느 휴일. 트위터를 하다 시마노 사토시 생물학자가 바퀴벌레 전시에 관해 쓴 글을 발견했다.

스스로 '삐뚤어진 생물학자'로 일컫는 시마노 교수는 '인간이 싫어하는 생물, 하찮은 생물을 연구하고 싶다'라는 이유로 진드기 종류를 연구하는 분이다. 진드기와 같은 처지라서 바퀴벌레에도 흥미를 느낀 모양이다. 나는 '꼭 한번 방문해주세요!'라는 댓글을 달았다.

이후 시마노 교수가 곤충관을 방문했을 때 나는 전시에 내놓지 않은 바퀴벌레까지 소개하면서 곤충에 대해 많은 이야기를 나눌 수 있었다. 요나구니섬에서 채집한 '수수께끼 루리바퀴'도 자랑스럽게 보여드렸다.

"이 바퀴벌레는 요나구니섬에서 채집했습니다. 신종 후보일지도 몰라요. 무척 고생했지만 두 마리나 채집한 덕분에 번식도 계획하고 있답니다."

그러자 시마노 교수는 매우 흥미롭게 관찰했다.

며칠 뒤 시마노 교수로부터 연락이 왔다.

"염치없는 부탁이지만, 그 루리바퀴를 제가 기록해도 될까요?"

여기서 말하는 기록이란, 신종으로 추정되는 곤충과 이와 유사한 다른 곤충을 서로 비교하고 검토해 논문에 특징과 구분법 등을 써서 발표한다는 의미다. 기록이 되면 비로소 '신종'으로 인정받고, 기록되지 않은 종은 '미기록종'이 된다.

단순히 채집과 사육에서 그치지 않고 연구로 이어진다면 이만큼 황홀한 일도 없다. 나는 그 자리에서 바로 대답했다.

"그럼 잘 부탁드리겠습니다."

## 직접
## 기록해보세요

그 후 한 달이 지났다. '수수께끼 루리바퀴' 사육 케이스에 새로운 바퀴벌레가 꿈틀대고 있었다. 부리나케 흙 속으로 숨는 바퀴벌레를 보고 '와우!'라고 소리치면서 끄집어냈다. 루리바퀴보다 한 둘레 더 큰 몸통, 에메랄드그린으로 빛나는 날개에 선명하지 않은 빨간 무늬를 가진 아름다운 바퀴벌레였다. 수컷이 부화한 것이다. 일반 루리바퀴와 너무도 다르게 생겼다. 틀림없는 미기록종이다.

뒤이어 부화한 암컷도 일반 루리바퀴보다 컸다. 게다가 루리바퀴라면 있어야 할 배의 노란 무늬가 보이지 않았고, 색깔도 전체적으로 어두워서 완전히 다른 종으로 보였다. 수컷을 봤을 때도 놀랐는데 암컷의 생김새는 그 차이가 너무 커서 사육실에서 혼자

‘와, 이게 웬일이야!’라며 기뻐했다. 이로써 성충 한 쌍이 모였다.

막 부화한 요나구니섬의 ‘수수께끼 루리바퀴’와 일반 루리바퀴를 다시 비교해보았다. ‘수수께끼 루리바퀴’의 날개에는 빨간 무늬가 있고, 몸의 색은 보라색을 두른 짙은 남색보다는 에메랄드그린에 가깝다. 암수 모두 일반 루리바퀴보다 크다. 루리바퀴 배에 있는 노란 무늬가 ‘수수께끼 루리바퀴’에게는 없다. 나란히 놓고 보면 완전히 다른 바퀴벌레로 보인다. 미기록종이라는 확신이 들자 심장이 두근두근 벅차올랐다.

일반 루리바퀴와 차이점이나 번식 양태의 정보를 시마노교수와 계속 주고받았다. 그러던 어느 날, 시마노 교수가 제안했다.

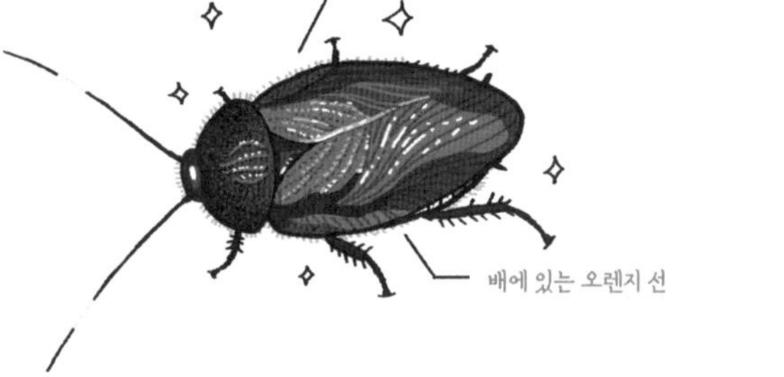


▲일반 루리바퀴(루리바퀴속 루리바퀴)

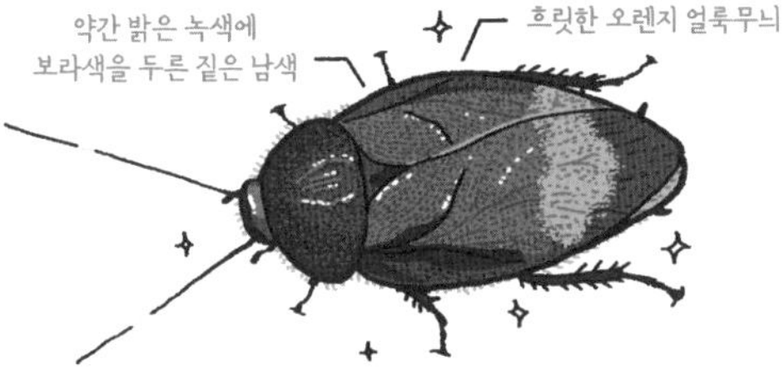


▲수수께끼 루리바퀴

"야나기사와 씨가 기록해보겠어요? 제가 알려드릴게요."

겁이 덜컥 났다. 나는 생물 공부를 하긴 했지만 연구실에 소속된 적이 없다. 학술 연구도 논문 작성도 어떻게 하는지 모른다. 나로서는 도저히 해낼 수 없는 어려운 일이라고 생각했다.

종을 기록한다니…. 줄곧 곤충 채집만 해오던 내가 과연 할 수 있을까? 걱정은 됐지만 시마노 교수라는 든든한 지원군도 있고, 지금 거절하면 두 번 다시 이런 기회가 없을 거란 생각이 들었다. 그래서 눈 딱 감고 큰소리로 외쳤다.

"도전!"

# 표본을 만드는 데는 요령이 필요해요

지금까지는 나 혼자만 '미기록종이 확실해!'라고 흥분했지만, 정말로 미기록종인지 아닌지 판단하려면 많은 개체와 비교해보고 차이점을 밝혀야 한다. 그러나 사실 살아있는 바퀴벌레를 여러 개체와 나란히 두고 유심히 관찰한다는 게 어디 쉬운 일인가. 이럴 때는 표본이 유용하다. 표본을 제작해두면 과거 여러 지역에서 채집한 바퀴벌레와 비교도 가능하다. 만일 그 종을 채집하기 어렵거나 멸종했더라도 표본만 있으면 검토할 기회는 유효하다.

종을 기록할 때도 표본이 없으면 다른 연구자들이 재검토할 길이 사라진다.

'바퀴벌레는 불쌍해서 풀어주었고 사진만 남아있다'라는 변명은 통하지 않는다. 표본에는 사진으로 보존할 수 없는 몸 내부의 형태 등 무수한 정보가 담겨있다.

이처럼 중요한 역할을 하는 바퀴벌레 표본을 제작하려면 두 가지 난관을 넘어야 한다.

하나는 '바퀴벌레 만지기'다. 죽어 있긴 해도 표본을 제작하려면 바퀴벌레를 만져야 한다. 그래서 이 단계에서 포기하는 경우도 많다. 연구를 위해 나는 바퀴벌레 표본 제작에 착수했다. 루리바퀴는 귀하니 우선 다른 바퀴벌레로 연습했다.

처음 만들어보는 표본은 우루시바퀴다. 2017년도에 이리오모테섬에서 채집한 개체다. 연구에 욕심은 났지만 죽은 바퀴벌레를 만지는 일에는 용기가 필요하다. 말랑하고 매끈매끈한 감촉이 손가락에 남는다. 바퀴벌레를 만지는 난관을 극복하는 요령은 용기와 각오다.

다른 하나는 바퀴벌레 몸이 '무르다'라는 것이다. 무당벌레나 사슴벌레의 몸은 단단한데 바퀴벌레의 몸은 말랑말랑하고 다리와 더듬이도 순두부만큼이나 무르다. 핀셋으로 당기다 끊어지기도 하므로 핀으로 살살 움직이되 억지로 당기면 안 된다. 절묘한 힘 조절을 익히는 데 상당한 시간이 필요하다.

조심해서 다루었지만 내가 처음 만든 표본의 다리와 더듬이는 훼손됐다. '무르다'라는 난관을 극복하려면 익숙해지는 수밖에 없다. 수많은 바퀴벌레를 만져보고 이 생물의 허무함과 구조를 알게 되면서 점점 부드럽게 만질 수 있게 되었다. 어느 정도 숙달되었을 때 루리바퀴 표본을 만들고 비교를 시작했다.

## 설마, 이제껏 알려지지 않은 종이라고요

요나구니섬의 '수수께끼 루리바퀴'와 일반 루리바퀴는 형태적으로 어떤 차이가 있는지 시마노 교수에게 보고했다. 그리고 국립과학박물관에 근무하는 히루타 신페이 교수에게 바퀴벌레의 DNA 분석을 의뢰했다. 무사히 번식에 성공한 '수수께끼 루리바퀴'와 일반 루리바퀴의 샘플을 보내고 결과를 기다렸다. 그동안 나는 일본 내 루리바퀴를 다시 조사했다.

그러던 중 아마미오섬과 아쿠세키섬(가고시마현 도카라 열도에 속한 섬으로 규슈와 오키나와 사이에 있음)에서도 날개에 빨간 무늬가 있는 루리바퀴속 바퀴벌레가 발견됐다는 보고를 찾아냈다. '요나구니섬의 종과 동일한 종으로 추측되나, 표본이 적어 표본 수를 늘려

재검토할 필요가 있다'라고 적혀있었다. 아마미오섬과 아쿠세키섬은 요나구니섬에서 꽤 먼 거리다. 분포를 보아하니 혹시 또 다른 새로운 종일지 모른다는 생각이 스쳤다.

시마노 교수에게 이를 알렸다. 얼마 지나지 않아 아마미오섬에 사는 시마노 교수의 지인이 채집한 루리바퀴를 보내준다는 연락이 왔다. 황금 인맥이다. 며칠 뒤 암컷 성충의 개체가 도착했다. 날개에는 3개의 황적색 무늬, 배에는 노란색 무늬가 있다. 일반 루리바퀴와도 요나구니섬의 '수수께끼 루리바퀴'와도 다르다. 역시 1종이 또 하나 있는 걸까?

이 암컷 성충은 야생에서 이미 교미를 끝냈을 가능성이 있었다. 그렇다면 산란이 가능할 수 있지 않을까? 기대를 품고 정성 들여 사육한 결과, 예상한 대로 알집을 낳았고 유충을 부화했다. DNA 분석을 위해 일부 유충을 히루타 교수에게 보냈다.

며칠 후, DNA 분석 결과가 도착했다. 일반 루리바퀴, 요나구니섬의 '수수께끼 루리바퀴', 아마미오섬의 '제3의 루리바퀴'는 서로 유전적으로 거리가 있다는 사실이 밝혀졌다. '일본에 3종의 루리바퀴가 존재한다'라는 가설을 뒷받침하는 결과였다. 예상했던 결과에 기뻐 펄쩍 뛰었다.

이렇게 되자 아쿠세키섬의 루리바퀴도 궁금해졌다. 생각난 김에 행동력을 발휘해 아쿠세키섬으로 출발했다. 아쿠세키섬이 속한 도카라 열도는 조례상 곤충 채집이 금지돼 있다. 절차에 따라 신청하자 2018년 12월에 조사가 허락되었다. 이후 루리바퀴속 유충을 무사히 채집할 수 있었다.

이 유충을 사육해서 부화에 성공한 개체를 관찰하자 아마미오섬의 개체와 마찬가지로 날개에는 3개의 황적색 무늬가 있고 배에는 루리바퀴와 동일한 노란색 무늬가 보였다.

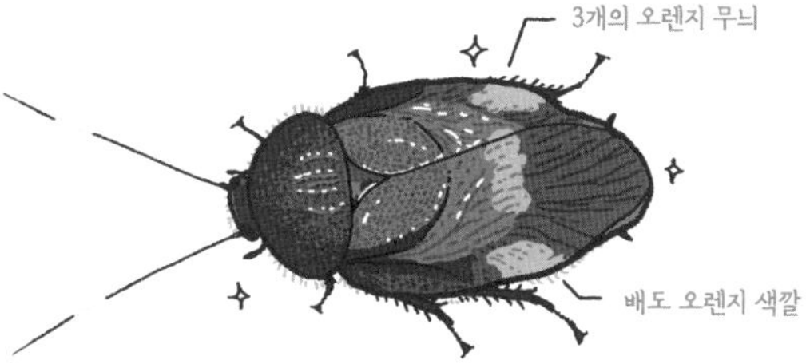


▲제3의 루리바퀴

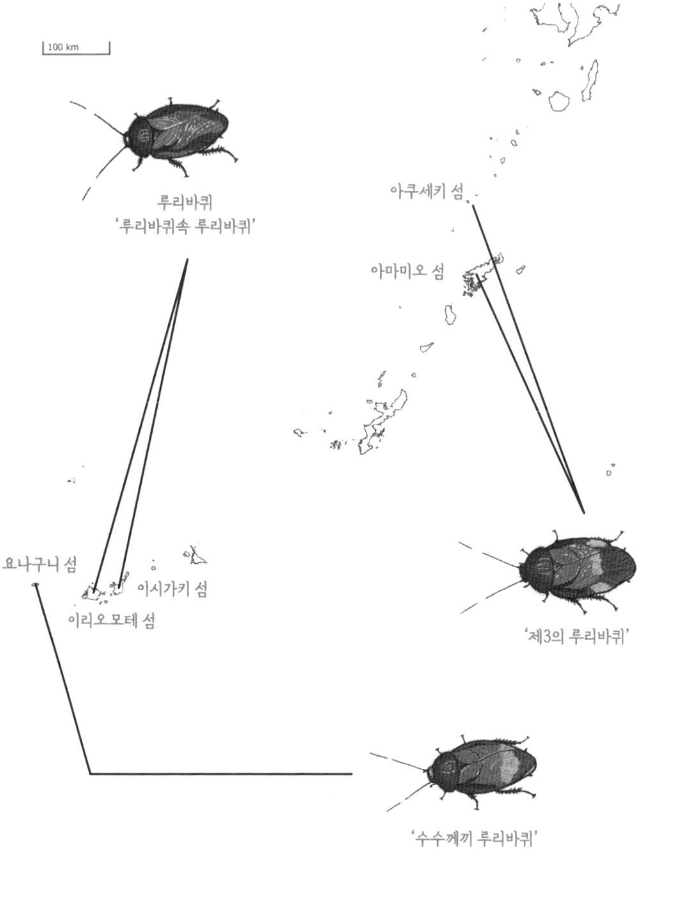


▲일본에 3종의 루리바퀴가 있다고?

# 든든한 지원군이 생겼어요

아쿠세키섬의 개체를 사육하던 어느 날. 시마노 교수에게서 연락이 왔다.

"가고시마대학의 사카마키 요시타카 교수에게 연구에 참여해 달라고 부탁해보죠."

든든한 지원군의 등장이라니, 감사할 따름이었다. 사카마키 교수는 아마미오섬, 아쿠세키섬 그리고 요나구니섬의 루리바퀴를 보고한 분이다. 몇 년 전부터 일본산 루리바퀴의 연구를 시작했지만 지금은 일시 정지 상태라고 했다. 사카마키 교수가 직접 연구하던 표본을 흔쾌히 제공받은 덕분에 도쿠노섬과 우지 군도 우지섬의 루리바퀴도 함께 비교할 수 있었다.

심지어 시마노 교수의 언지로 타이완대학의 Jhih-Rong Liao廖治榮 교수도 동참했다. 난세이 제도와 대만은 거리가 가까워 타이완의 루리바퀴와도 차이점을 알아볼 생각이었다.

- 루리바퀴속 루리바퀴 …… 이리오모테섬·이시가키섬에 분포
- 수수께끼 루리바퀴 …… 요나구니섬에 분포
- 제3의 루리바퀴 …… 아마미오섬·아쿠세키섬·도쿠노섬·우지군도 우지섬에 분포
- 루리바퀴속 오오루리바퀴 …… 타이완에 분포

이 가설의 타당성 여부는 좀 더 검토를 진행하고 확인하기로 했다.

## 마음먹은 대로
## 되지 않을 때도 있죠

그 후, 루리바퀴의 추가 표본을 얻기 위해 이시가키섬으로 갔다. 일정은 닷새간으로 넉넉하게 일정을 잡은 덕에 느긋하게 채집할 수 있었다. 그러나 파충류, 양서류, 어류는 많이 보였지만 루리바퀴는 코빼기도 안 보였다. 요나구니섬, 아쿠세키섬에서 두 번 연속 채집에 성공했기 때문에 이번에도 손쉽게 포획하리라 확신했는데 현실은 녹록지 않았다. 맹독을 가진 독사 사키시마하브 Protobothrops elegans_학명를 몇 번이나 밟을 뻔해 생명의 위협까지 받은 채집이었다. 남은 건 아쉬움뿐이었다.

이후 곤충관의 업무 중 일환으로 아마미오섬, 도쿠노섬(아마미 제도에 속한 아열대 기후의 섬) 그리고 얼마 후 오키노에라부섬(아마미 제도에 속한 섬으로 도쿠노 섬보다 남쪽에 위치해 있음)과 오키나와 본섬까지 방문했다. 이번에는 열흘간의 일정이다. 전시용 채집·사진 촬영을 목적으로 기타노 선배와 동행했다.

원래 사카마키 교수가 검토하던 루리바퀴 중에는 도쿠노섬의 개체도 포함돼 있었다. 아직 확인되지 않았지만, 도쿠노섬 남쪽에 위치한 오키노에라부섬에도 서식하고 있을 가능성을 염두에 두고 있다. 오키나와 본섬의 북쪽에는 아직 양호한 상태의 삼림이 남아있어 가능성이 농후했다. 넘치는 의욕으로 여기저기 돌아다녔지만 네 군데의 섬 모두 소득이 없었다. 루리바퀴 채집의 난이도가 새삼 느껴졌다. 매번 순조롭지 않기에 즐거운 법이다. 스스로 아쉬움을 달래며 마음을 다잡았다.

추가 표본 채집은 연달아 실패했다. 보유 중인 루리바퀴만으로는 부족했다. 지인을 통해 여러 사람에게 협조를 구해 루리바퀴속의 표본을 끌어모았다. 최종적으로 사카마키 교수가 검토한 개체까지 포함해 루리바퀴속 표본은 총 118개가 되었다. 샘플이 늘어난 만큼 개체 간 검토에도 박차가 가해졌다.

# 해부가 쉽다면
# 누구나 하겠지요

이쯤에서 종種 에 관해서도 살펴보자. 종의 가장 일반적인 개념은 '생물학적 종 개념'에 의한 분류다. 자연 상태에서 개체 간 번식이 가능한 동시에 태어난 개체들도 번식 가능하면 동일한 종으로 분류되고 그렇지 않으면 다른 종으로 분류하는 사고법이다. 다만, 실험으로 확인하기까지 손이 많이 가고, 개체가 적게 발견되거나 사육이 어려우면 실험 진행이 곤란해진다.

그 밖에도 색깔, 생김새 등 형태의 차이로 종을 분류하는 '유형학적 종 개념', DNA 등으로 계통 관계를 알아내 종을 분류하는 '계통학적 종 개념'이 있다. 그러나 형태의 판단에는 인간의 주관이 개입되는 경향이 있어 언뜻 다른 종으로 보여도 DNA로는 별반 차이가 없기도 하다. 어떤 분류든 장단점이 있기 때문에 모든 종을 명확히 분류하는 사고법이 현시점으로는 존재하지 않는다.

생물은 다양하고 종의 관계는 복잡하다. 하나의 차이만으로 구분하지 않으며 다양한 재료를 고려해 종합적으로 판단해야 한다.

지금까지는 성충의 생김새와 DNA를 알아보았다면, 이제부터는 '교미기의 형태'를 알아보자. 일부 종을 제외하면 곤충은 수컷과 암컷의 교미로 번식한다. 수컷의 교미기와 암컷의 교미기는 열쇠와 자물쇠처럼 대응돼 종마다 형태가 다르다. 즉, 루미바퀴끼리 교미기 형태가 서로 맞지 않으면 다른 종일 가능성이 크다. 그럼에도 표본 수가 부족해 지금까지 검토를 미뤄왔다.

해부하는 방법도 있지만 루리바퀴속은 고작 1센티미터에 불과하다. 교미기 분리는 고도의 정밀함을 요하는 작업이다. '수수께끼 루리바퀴'와 '제3의 루리바퀴'는 특히나 표본이 적어 일반 루리바퀴로 먼저 연습하기로 했다.

바퀴벌레의 교미기는 배에 가려 있다. 우선 핀의 끝을 구부린 아주 작은 메스와 핀셋을 이용해 배를 5밀리미터 정도 살살 떼어낸다. 이 부위를 수산화나트륨 수용액에 몇 시간 동안 담가놓으면 불필요한 단백질이 제거된다. 다 제거되면 깨끗이 씻어 유리판에 올려놓고 순도 70~80% 에탄올에 적신다. 이제 입체현미경으로 자세히 들여다보면서 핀셋과 아주 작은 메스로 교미기를 떼어낸다.

나는 선행 연구에 게재된 교미기의 사진과 대조하면서 해부를 했다. 그런데 어디를 어떻게 해야 깔끔하게 분리되는지 전혀 알 수 없었다. 핀셋으로 여기저기를 당기다가 결국 배가 훼손되고 교미기도 찢어졌다. 완전한 실패였다. 속상하지만 계속 이러고 있을 수는 없었다. 다음 실패를 막기 위해 완벽하게 구조를 외우자고 다짐했다.

어느 정도 관찰을 끝내면 그다음은 루리바퀴의 해부 차례다. 이번에는 이전의 해부를 통해 외워둔 구조를 떠올리며 몸이 부서지지 않게 주름진 상태의 배의 껍질을 천천히 떼어냈다. 내부가 보이기 시작하면 이제 불필요한 부분을 제거한다. 그러면 깨끗한 상태의 교미기가 모습을 드러낸다. 잘 떼어내고 싶은데 어디를 잡아야 할지 모르겠다. 엉뚱한 데를 건드렸다가 또 찢어질 것 같아 멈칫거릴 수밖에 없었다. 간신히 핀셋 끝을 모아 쭉쭉 밀어 배에서 완전히 분리시켰다.

이제 교미기를 분해하는 작업에 들어갔다. 핀의 끝부분으로 신중하게 각 부위를 나누었다. 이로써 해부가 끝났다. 크기를 재려고 현미경용 마이크로 눈금자도 같이 촬영했다.

이 작업을 하려고 모든 연습을 통틀어 총 70개체를 해부했다. 말끔히 해부된 개체 중 하나를 골라 교미기의 크기와 길이를 측정했다. 사카마키 교수의 분석에 따르면, 일본산 루리바퀴속 교미기는 타이완에 분포한 오오루리바퀴의 교미기보다 작고, 이시가키섬·이리오모테섬·아마미오섬·아쿠세키섬·요나구니섬에서 각각 형태적으로 구별되는 경향이 있다고 한다.

이로써 보유 중인 표본의 대략적인 판단 재료가 갖춰졌다. 성충의 생김새, DNA, 교미기 형태 등 어떤 기준으로 판단하든 이미 기록된 종 외에도 '수수께끼 루리바퀴'와 '제3의 루리바퀴'가 일본에 서식함을 알 수 있게 되었다. 이런 연구를 토대로 '예상대로 2종의 미기록종이 있다'라는 결론이 났다.

*Column*

## 바퀴벌레 표본 제작법

채집한 바퀴벌레는 사육해서 번식시키거나 기록을 위해 표본 형태로 보존해둔다. 바퀴벌레의 표본은 '액침 표본'이나 '건조 표본' 중 하나로 제작된다. 과학실에나 있을 법한 뱀이나 개구리가 수상쩍은 액체에 담겨있는 병을 떠올려보라. 그게 바로 액침 표본의 정석이다.

바퀴벌레를 살아있는 채로 에탄올이 들어있는 병에 넣는다. 만약 죽은 상태라면 최대한 빨리 집어넣는다. 에탄올은 휘발성이 강하니 뚜껑을 꽉 닫은 뒤 '채집일·채집 장소·채집자'가 적힌 라벨까지 붙이면 완성된다. 바퀴벌레는 상처를 내지 않고 보존이 가능하지만 에탄올 무게 때문에 운반하기가 힘들다. 게다가 에탄올이 휘발돼 주기적으로 교체해주어야 한다.

다음은 건조 표본이다. 가장 일반적인 곤충 표본으로 유리 뚜껑이 달린 나무상자 안에 곤충이 들어있는 모습이다. 아세트산에틸 약품을 흡수시키거나 냉동시켜 죽인 다음, 핀이 꽂히는 판 위에 올려놓고 곤충핀을 하나 꽂는다. 찌를 때는 무늬나 형질이 훼손되지 않는 부위에 꽂아야 한다. 그리고 다리, 더듬이, 날개도 똑같이 핀으로 고정한다. 이때는 몸통이 아닌 그 아래에 있는 판에 꽂는다. 모양을 잡았으면 건조제가 함유된 폴리에틸렌제 밀폐용기에 넣어 건조될 때까지 기다린다. 건조 시간은 곤충의 크기와 상태에 따라 다르지만 약 한 달에서 두 달 정도 걸린다. 완전히 마르면 고정해둔 핀을 뽑고 라벨을 부착해 표본 상자에 진열하면 완성이다.

건조 표본은 모양을 잡고 건조하는 과정이 더해져 액침 표본보다 만들기 까다롭다. 작업하다 더듬이나 다리가 끊어지기도 해서 처음 작업할 때는 무척 고생스럽다. 그러나 하나의 상자 안에 다수의 표본이 보이게 보관돼 있으므로 표본이 필요할 때 빨리 찾아낼 수 있다. 건조된 만큼 가볍다는 장점도 있다.

나는 만들기 쉽고 잘 망가지지 않는다는 특성 때문에 액침 표본을 선호하는 편이다. 다만, 루리바퀴를 연구할 때는 촬영을 해야 하므로 주로 건조 표본으로 제작하고, DNA 분석이 필요할 때는 99% 에탄올로 침액 표본을 선택한다. 어떤 방법이든 장단점이 있으니 필요에 따라 방법을 달리하는 게 바람직하다.

CHAPTER 7

# 바퀴벌레를 기록하다

## 논문을 써서 세상에 알려야 해요

미기록종을 발견한 후 '잘 됐다! 최초로 발견된 곤충이니까 ㅇㅇ이라는 이름을 붙여야지!'라고 임의대로 정할 수 없다. 미기록종을 발견하면 논문에 그 종의 특징을 쓰고(기록), 학명이라는 세계 공통의 명칭을 붙여야 한다. 해당 논문이 학회지 등에 발표되면 미기록종은 비로소 신종으로 세상에 알려진다. 이번에 발견한 바퀴벌레 2종도 논문을 쓰고 발표해야 정식 신종으로 인정받을 수 있는 것이다.

그런데 나는 이 단계에서 너무 많은 시간을 지체하고 말았다. 논문이란 많은 사람이 읽을 수 있도록 세계 공통어인 영어로 써야 한다. '논문을 많이 읽고 공부하세요'라는 시마노 교수의 조언대로 다양한 생물의 기록 논문을 읽고 표현과 작성법을 따라 해보며 논문을 써갔다.

이번 논문은 크게 8가지 항목으로 구성돼 있다.

① Abstract(요지)에서는 논문의 내용을 간단하게 요약한다. 요지를 읽고 논문의 전반적인 내용이 파악되도록 쓴다.

② Introduction(서론)에서는 과거의 관련 연구를 언급하고 이번 연구의 취지, 계기를 밝힌다.

③ Materials and Methods(재료와 방법)는 연구에 이용된 재료와 방법을 명시하는데 논문을 읽어본 사람들이 재현 가능할 정도로 자세하게 기록한다. 루리바퀴의 논문에는 검토한 총 표본 수와 그 내역, 사육 방법, DNA 해석 방법, 교미기 해부 방법을 기록했다.

④ Results(결과)는 연구에서 얻은 결과를 기록하는 항목이다. 각 종의 특징, 다른 종과의 구별점을 기록해야 하는데 그걸 말로 표현하기가 어려웠다. 예컨대 '검은색 배 뒷면'이라고 썼는데 시마노 교수는 "새까만 색인가요, 아니면 다른 색이 섞여 있나요?"라고 질문했다. 검은색에 보라색이 곁들어진 색이었는데 더 정확하게 표현하려고 결국 '어두운 보라색(dark purple)'이라고 수정했다. 이렇게 수정할 표현들이 많아 고생했다.

⑤ Discussion(토론)에서는 연구 결과를 논리적으로 해석한 후 관련 연구와의 비교, 후속 연구 전망을 언급한다.

⑥ Keys(검색표)는 종의 분류 소속을 정하는 특징을 정리한 표다. 종을 구분하는 포인트를 기록해 두 선택지 중 하나를 고르는 과정에서 종류가 판별되도록 기술했다.

⑦ Acknowledgments(사사)는 연구에 도움을 준 사람들에게 감사의 말을 전하는 항목이다. 표본 제공, 조사 보조 등 연구의 틀이 잡힐 때까지 여러 협력을 받게 된다. 소속, 이름을 밝혀 감사를 전한다.

⑧ References(인용 문헌)는 논문에 인용된 문헌을 리스트로 정리한 항목이다. 각 문헌을 양식에 맞춰 열거하는 작업도 꽤 품이 많이 들어 시간을 많이 들였다.

시마노 교수와 이 여덟 가지 항목에 관해 수차례 상의하고 우왕좌왕하면서 수정해나갔다. 게다가 논문에 사진을 게재하려면 표본도 촬영해야 했다. 곤충관에서 퇴근하고 집에 돌아와 논문 작업을 이어가는 생활이 몇 달 동안 계속됐다. 익숙지 않은 일들이었지만 차근차근 논문 작성법을 익혀갔다.

# 미기록종에
# 이름을 지어 주다

종을 기록할 때, 새로운 종에 전 세계 공통의 이름인 '학명'을 부여한다. 학명은 라틴어(혹은 라틴어로 변환한 다른 언어)로 된 '속명generic name'과 '종소명specific epithet' 두 단어로 표기하는 게 규칙이다.

루리바퀴속 종의 속명은 기존에 있던 'Eucorydia'를 사용하면 되고, 종소명은 정해야 한다. 상의한 결과, 요나구니섬에서 발견한 '수수께끼 루리바퀴'에는 요나구니 지역의 방언이자 요나구니섬을 가리키는 '도난'을 따 'donanensis'을 붙였다. 아마미오섬, 아쿠세키섬, 도쿠노섬, 우지 군도의 우지섬에서 발견한 '제3의 루리바퀴'는 아쿠세키섬에 있는 도카라 열도를 의미하는 'tokaraensis'라는 종소명을 붙이기로 결정했다.

학명뿐 아니라 '일본명'도 정해야 한다. 각 종의 생김새를 따와 이름을 붙이기로 했다. 띠무늬가 번지는 느낌이라 '수수께끼 루리바퀴'는 우스오비루리바퀴로, 3개의 빨간 무늬를 가진 '제3의 루리바퀴'는 아카보시루리바퀴라고 지었다. 일본명과 학명은 각각 '우스오비루리바퀴_Eucorydia donanensis', '아카보시루리바퀴_Eucorydia tokaraenesis'다.

내가 종에 이름을 붙이는 일은 삶을 통틀어 경이로운 일이었다. 생물을 좋아하는 모든 이가 선망하는 경험을 하다니! 이루 말할 수 없는 감동이었다.

종의 기록과 관련해 '정기준표본holotype'을 지정한다. 정기준표본이란 기록 논문에서 지정하는 학명의 기준이 되는 유일한 표본이다. 만약 추후 연구에서 1종이라고 여겨졌던 종에 복수의 종이 섞여 있다는 사실을 알아냈다고 해보자. 이럴 때 정기준표본이 있으면 기존에 기록된 종이 어떤 표본인지 알 수 있어 혼란을 방지할 수 있다.

또한, 정기준표본 외에도 기록에 사용된 표본을 몇 가지 지정해 둔다. 이는 부모식표본paratype으로 해당 종의 개체 간에 어떤 차이가 있는지 알아볼 수 있다.

정기준표본, 부모식표본 같은 '타입type 표본'은 분류학에서 매우 중요하다. 우리도 훗날 연구에 이용되도록 연구에서 지정한 타입 표본을 국립과학박물관에 소장해달라고 부탁했다.

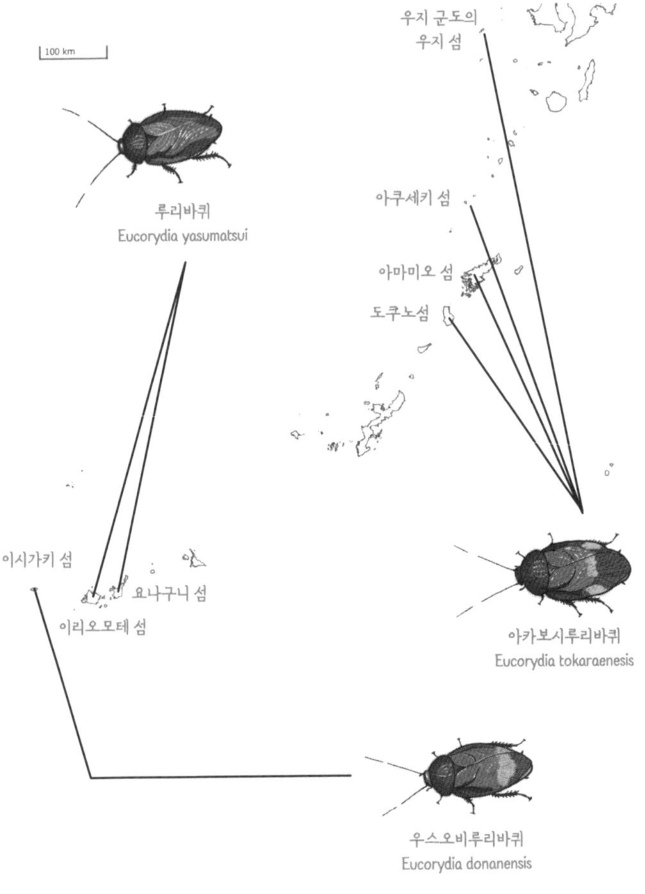


※ 국토지리원「지리원지도(전자국토Web, 백지도)를 편집」

▲루리바퀴, 우스오비루리바퀴, 아카보시루리바퀴의 분포

# 이렇게 벅차오를 일이 또 있을까

시마노 교수, 사카마키 교수와 함께 최종 수정을 마치고 드디어 논문이 완성됐다. 논문은 일본동물학회의 학회영문지 〈Zoological Science〉에 투고했다. 물론 투고한다고 모두 게재되지 않는다. 그 방면의 연구자들이 논문을 심사하고 그 결과를 토대로 편집자가 게재 여부를 판단한다. 허가가 나면 정식으로 게재되고, 수정이 필요하다고 판단되면 다듬어서 다시 투고해야 한다. 이 상태로 게재가 불가하다고 판단되면 기각된다.

이는 '동료심사peer review'라는 시스템이다. 동료심사로 내용이 미비한 논문, 학회지의 수준에 미치지 못하는 논문이 걸러진다. 게재 여부를 판단할 뿐만 아니라, 다른 연구자들이 논문을 정독하고 저자가 놓친 실수를 지적함으로써 논문의 질적 향상으로 이어진다. 공들여 쓴 논문이 수리되면 기쁘기 이를 데 없지만 기각되면 슬프기 그지없다. 논문이 처음으로 필자가 아닌 다른 이의 손에 들어가는 순간이라 몹시 긴장됐다.

드디어 동료심사 결과가 나왔다. 아쉽게도 결과는 '대폭적인 개정 요망'이었다. 솔직한 심정으로 심히 우울했다. 교수들은 '뭐, 그런가 보다'라는 분위기여서 논문 투고에서는 흔한 일인가 싶었다. 돌아온 논문을 들춰보니 표본의 보존 방법부터 논의 항목까지 지적들이 수두룩했다. 공동 저자인 교수들과 함께 수정하면서 동료심사자의 의견에 답변을 달았다.

한차례 투고했던 논문을 처음부터 다시 꼼꼼히 보려니 살짝 맥이 빠졌다. 의욕이 바닥난 나를 보다 못한 시마노 교수가 불렀다.

"동료심사자는 괴롭히려는 의도가 아니라 논문의 수준을 높이기 위해 신중하게 심사하고 조언과 지적을 하는 겁니다. 그 노고에 야나기사와 씨도 성실하게 보답할 의무가 있습니다."

모든 수정을 마치고 다시 투고했다. 두 번째 동료심사다. 이번에도 한 달 정도 걸릴 거라 예상했는데 나흘 만에 논문이 돌아왔다. 몇 군데 이상한 점을 찾아낸 편집자가 동료심사 전에 수정해

달라는 요청이었다. 수정하고 재차 동료심사를 보냈다.

그렇게 한 달 정도 지나자 동료심사 결과지가 도착했다.

"동료심사자는 게재를 장려하는 한편, 약간의 수정도 시사하고 있습니다."

기뻐할 만한 결과였다. 나도 모르게 '됐어!'라고 큰 소리로 외쳤다. 자잘한 수정을 마치고 세 번째 투고를 했다. 그리고 마침내 나흘 뒤에 수리한다는 연락을 받고 게재가 결정됐다.

요나구니섬에서 수수께끼 루리바퀴를 발견하고 오늘에 이르기까지 약 2년 반. 이렇게 벅차오를 일이 또 있을까. 다사다난했지만 포기하지 않아서 정말로 다행이었다. 그날은 늦은 밤까지 신종 바퀴벌레의 사진을 안주 삼아 축배를 들었다.

# 35년 만에
# 신종 바퀴벌레 기록에 오르다

논문 수리 연락을 받고 두 달 정도 즈음에 편집자가 교정본을 보내왔다. 탈자, 스펠링 오자 등이 없는지 확인하는 '저자 교정' 작업이다. 글자 하나하나를 놓치지 않고 꼼꼼하게 확인한 뒤 수정 사항을 적어 편집자에게 보내야 한다. 며칠밖에 안 되는 짧은 기간이라 교수에게 검토를 요청했다. 이로써 출판에 앞서 저자가 할 수 있는 작업은 끝마쳤다. 이제 게재만 기다릴 뿐이다.

2020년 11월 24일, 학회지 〈Zoological Science〉에 논문이 온라인으로 공개됐다.

〈Tow New Species of the Genus Eucorydia Blattodea : Corydiidae from the Nansei Islands in Southwest Japan(난세이 제도의 루리바퀴속 바퀴벌레 신종 2종)〉

이를 기점으로 우스오비루리바퀴와 아카보시루리바퀴는 신종으로 세상에 선보였다. 어디에도 비교할 수 없는 감동이 밀려왔다. 보도 자료를 공개하자 수많은 미디어로부터 연락과 취재가 쇄도했다. 이번 신종 바퀴벌레는 NHK에서도 방송되었다. 많은 분이 축하의 말을 보내주었다. '바퀴벌레 두 신종 발견', '신종 바퀴벌레'는 트위터에서 화제가 돼 인터넷 검색 상위권 뉴스에도 진입했다.

# 바퀴벌레의 매력을 발견한다면 걸음을 멈추세요

바퀴벌레 전시 개최, 신종 바퀴벌레 발표, 강연회 활동을 하면서 여기저기서 취재 요청이 이어졌다. 그리고 그때마다 자주 듣는 질문이 있다.

"바퀴벌레가 왜 좋으세요?"

이 질문을 처음 받았을 때는 뭐라고 대답해야 할지 망설였다. 먹이를 주면 와르르 몰려와 열심히 먹는 모습도 귀엽고, 더듬이를 깔끔하게 손질하는 모습을 보면 마음이 편안해졌다.

나는 바퀴벌레의 어떤 점을 가장 좋아하는 걸까?

"바퀴벌레는 모두에게 미움받기 때문에 흥미로워요."

마음에 쏙 들었던 내 대답이다. 이건 절대 '나는 다른 사람들과 다르다'라는 우월감이 아니다. 이런 감정이 든 이유가 있다.

몇 번이고 말하지만 나는 생물을 사랑한다. 어린 시절부터 온갖 곤충을 잡아 사육하고 관찰했다. 자유 연구로 곤충 표본을 제출하고, 동아리 활동에서는 곤충 채집에 몰두하고, 전문학교에서는 자연환경을 공부했다. 그 끝에 곤충관 직원이 되었다. 처음에는 생물과 관련만 있다면 괜찮겠다 싶어 깊게 고민하지도 않고 지원한 직업이었다. 그런데 관람객과 만날수록 생물을 알린다는 곤충관 업무에 의욕이 스멀스멀 올라왔다.

곤충은 원래 매력덩어리지만 그래도 의식하지 않으면 시선이 가지 않는다. 곤충의 흥미로운 생태, 아름다운 생김새, 인간 사회와의 깊은 연결. 이 모든 걸 알리는 오작교 역할을 곤충관 직원이 한다. 생물을 좋아하는 사람으로서 쌓아온 지식을 활용해 곤충의 매력을 관람객들에게 전할 기회이다.

"생물은 대단한 거였네요, 재밌어요!"

관람객의 한 마디는 더할 나위 없이 기쁘고 보람차다.

곤충과 사람을 연결하는 내게는 과제가 하나 더 주어졌다. 다름 아닌 '생물에 무관심한 사람들의 호기심을 어떻게 끌어낼까?'이다. 생물에 관심이 없으면 당연히 곤충관에 오지 않는다. 애당초 접근이 어렵다. 전하고 싶은 말들은 산더미인데 그럴 장소가 없으면 시작조차 할 수 없다.

설령 그런 장소가 있다 해도, 관심도 없는 곤충의 이름을 말해가며 '이런 생태에서, 날개가 예쁘고, 생태계를 지탱하고…'라는 이야기는 한 귀로 듣고 한 귀로 흘릴 게 뻔하다. 아무리 설명해도 그 사람의 마음에 가닿지 못한다.

어떻게 하면 생물에 무관심한 사람을 곤충관으로 오게 할까? 어떻게 하면 귀를 기울일까?

예전의 나였다면 이 벽을 도저히 넘지 못했을 거다. 전시, 해설의 방법에 시행착오를 겪으면서 보인 광명이 바로 바퀴벌레였다.

바퀴벌레 전시를 몇 번 개최하면서 '인근에 살고 있는데 곤충관이 있는지도 몰랐다'라고 말하는 이들을 보면서 그렇다면 이 특이한 전시를 어디선가 듣고 일부러 징그러운 걸 보러 왔다는 이야기다. 다들 특별히 생물이 좋아서 왔다고 보기에는 무리가 있었다.

'바퀴벌레가 사람들에게 생물을 알릴 엄청난 잠재력이 있는 걸까?'라는 생각이 들기 시작했다. 왠지 호기심을 유발하는 '자신을 알리는 장소'를 만들어내는 대단한 생물임에 틀림없다. 연결해서 생각해보면 바퀴벌레는 미움받는 것 치고는 지대한 관심을 끄는 곤충이다. 생물에 문외한인 사람도 몸을 한껏 내밀고 질문한다.

"왜 우리가 사는 집에서 끊임없이 나오죠?"

"어떻게 없앨 수 있을까요?"

질의응답 시간에는 이런 질문이 끝도 없이 쏟아진다. 그러면 나는 바퀴벌레의 다양한 면모와 생물의 다양한 세계를 조금씩 보여준다. 그리고 조금씩 바퀴벌레에 대한 주요한 특징을 곁들인다.

"실은 낙엽을 먹는 중요한 분해자 역할을 합니다."

"생물의 다양성이 왜 중요하냐면요…."

이런 이유로 '바퀴벌레가 모두에게 미움받아서 흥미롭다'라고 생각한다. 미움을 받아도 존재감이 너무 크므로 생물에 관심 없던 사람들도 '궁금해'한다. 그리고 생물의 대단함과 자연의 소중함을 깨닫게 되는 계기를 제공한다. 이건 분명 바퀴벌레만이 할 수 있는 일이다.

예전에는 진저리치게 싫었던 바퀴벌레이지만 지금은 듬직한 내 짝꿍이다. 바퀴벌레의 힘을 빌려 앞으로도 생물의 세계를 알리는 데 더욱 매진하려고 한다.

*Column*

## 종을 기록한다고 끝이 아니다

2년 반의 연구는 공동 저자인 교수의 힘을 빌려 가까스로 형상화되었다. 그러나 여기서 끝이 아니다. 바퀴벌레의 분류, 분포 정보 등 연구 주제가 아직도 수두룩하다. 존재를 알렸지만 기록되지 않은 바퀴벌레, 서식하고 있다고 추측되는데 기록상에는 바퀴벌레가 없다고 나오는 지역 등 연구 과제는 얼마든지 발견할 수 있다.

우리가 종을 기록한다고 끝이 아니다. 생물을 발견하면 분류하고 이름을 붙인다. 이러한 분류학의 연구는 '기초 연구'로서 다른 응용 연구의 토대가 된다. 생물로부터 식품, 의약품, 연료를 생산해내는 연구도 그 생물의 정체를 모르면 원활하게 진행되지 않는다. 다른 종과 어떻게 다르고 어디에 분포해 있는지 정확하게 조사하지 않으면 그다음 연구는 없다.

더구나 분류학은 생태계를 수호하는 초석이다. '자연 보호'를 주장한들 어떤 생물이 어디에 사는지 모르면 보호할 방법이 없다. 그 생물이 어떤 생태, 어떤 환경에서 건강하게 사는지 연구하려 해도 이름이 없으면 지장이 생긴다.

분류학은 우리가 살아가는 사회와 밀접해 있다. 그만큼 생물 다양성의 보전 활동을 지지하는 가장 중요한 토대가 된다.

나는 묘한 인연으로 분류학 연구와 인연을 맺었다. 연구자가 되고 싶다는 목표도 없었고, 학구적인 지위에 있지도 않았다. 그러나 이제는 바퀴벌레에 매료된 '바퀴벌레스트'로서 더 깊이 탐구하고 싶다. 바퀴벌레의 정보를 조금이라도 더 많이 세상에 남기고 싶다. 이 일이 그들을 지키는 길로 이어진다면 보람되겠다.

CHAPTER 8

# 번외편_
# 제4의 루리바퀴

# 새로운 루리바퀴를 찾아서

우스오비루리바퀴와 아카보시루리바퀴에 관한 연구가 한창이던 때, 사카마키 교수가 확인한 표본 중에 미야코섬의 루리바퀴도 포함돼 있었다. 사진을 보면 날개에 있는 선명하고 두꺼운 오렌지색 무늬는 중간에 끊겨있지 않다. 일본산 루리바퀴 3종과 다른 특징이었다.

미야코섬은 이시가키섬이나 이리오모테섬(루리바퀴 분포)을 비롯해 요나구니섬(우스오비루리바퀴 분포)에서도 거리가 조금 떨어져 있다. 발견된 섬의 위치와 형태를 고려했을 때 어쩌면 미기록종일 가능성이 있다. 그렇다면 일본산 '제4의 루리바퀴'의 등장이다.

2019년 5월, '제4의 루리바퀴'가 자꾸 아른거렸다. 결국 닷새간의 일정을 잡아 미야코섬으로 향했다. 미야코섬에서의 채집은 난항의 연속이었다. 루리바퀴는 주로 굵은 나무에 서식하는데, 미야코섬은 삼림 면적이 좁은 데다 숲이 있긴 해도 나무들이 가늘어서 루리바퀴의 기척이 느껴지지 않았다. 채집을 시작하고 이튿날이 됐을 때 일이 꼬여간다는 불안감이 올라왔다.

루리바퀴를 찾으러 며칠씩이나 미야코섬 내부와 인근 섬까지 찾아다녔지만 끝내 볼 수 없었다.

매일 구글 지도를 켜놓고 미야코섬과 눈싸움하면서 '여기 숲이 있네', '여기는 …없겠지'라며 상상하는 날들이 계속됐다. 덕분에 미야코섬의 숲 위치에 꽤 빠삭해졌다. 다음에 방문하면 둘러볼 지점에 표시해두었다. 채집에는 실패했지만 그렇다고 없다고 단정 지을 수도 없다. 내가 장소를 잘못 짚었거나 애초에 서식하는 개체 수가 적었을 수도 있다.

'어떻게든 발견하고 말 테다!'

발견에 실패했다는 아쉬움이 내 안에 있는 곤충 소년의 마음에 불을 붙였다.

# 만회의
# 미야코 섬

2019년 11월, 인연이 깊은 미야코섬을 다시 방문했다. 다른 바퀴벌레와 지네를 채집하면서 루리바퀴를 찾아다녔다. 그런데 단서가 손톱만큼도 나오지 않았다. 점찍어 두었던 지점을 둘러봐도 결과는 다르지 않았다. 여기저기 배회하다 미야코섬 6월 원정 때 바퀴벌레가 많이 보였던 지점에 다시 가보기로 했다. 루리바퀴는 물 건너갔어도 또 다른 흥미로운 바퀴벌레나 생물이 발견될 수 있을 거란 기대감으로.

목적지 지점에 도착하고 채집을 시작하자 후타텐코바네바퀴 *Lobopterella dimidiatipes* [illegible], 류큐바퀴 *Pycnoscelus indicus* [illegible], 잔이질바

퀴가 연달아 잡혔다. 그 밖에도 뭐가 더 있지 않을까 싶어 멈추지 않고 찾아보았다. 그러던 중 길에서 약간 벗어난 곳에 커다란 나무가 보였다. 가까이 다가가 이리저리 훑어보는데 나무껍질 틈 사이로 오매불망 찾던 루리바퀴속 유충이 있는 게 아닌가!

지난번 채집을 만회했다는 기쁨과 믿을 수 없다는 감정이 뒤엉겨 주먹을 불끈 쥐었다.

"오오오! 찾았다, 찾았어! 됐어!"

그 나무에서만 9마리의 루리바퀴 유충을 발견해 '제4의 루리바퀴' 채집에 대성공했다.

# 날개 기부에서
# 털을 발견하다

시즈오카로 돌아오자마자 지금까지의 루리바퀴 사육 경험을 살려 사육 케이스를 제작했다. 암수 한 마리씩밖에 채집하지 못했던 우스오비루리바퀴 유충과는 다르게 이번에는 아홉 개체나 있어 마음이 놓였다. 그러나 진드기가 생기면 케이스 하나가 통째로 전멸될 수도 있으므로 내부 환경을 세심하게 살폈다.

그러던 어느 날, 평소처럼 곤충관에 출근해 미야코섬의 루리바퀴가 들어있는 케이스를 들여다봤다. 그때 선명한 색채의 바퀴벌레가 눈에 띄었다.

우스오비루리바퀴가 부화했을 때도 감동의 도가니였는데, 이건 몇 번을 봐도 질리지 않고 신기하다.

마음을 진정시키며 세세하게 관찰을 시작했다. 아니나 다를까, 사진 속 개체처럼 날개에 있는 선명한 오렌지색 무늬는 중간에 뚝 끊겨있지 않았다. 바탕색은 우스오비루리바퀴나 아카보시루리바퀴보다 밝고 푸른색이 유독 돋보인다. 배에는 노란색 무늬가 있다. 이토록 아름다운 바퀴벌레가 미야코섬에 있었다니, 잠깐 동안 넋을 놓고 바라보았다.

시마노 교수에게 사진을 찍어 보내려고 케이스를 사육실에서 사무실로 옮긴 뒤 카메라를 챙겼다.

“오호, 기운이 넘치는군.”

터벅터벅 기어가는 모습을 카메라로 쫓기 시작했다. 찰칵, 셔터를 누르고 찍은 사진을 유심히 본다. 날개 기부에 오렌지색 털이 뭉쳐있다. 다시 한번 눈으로 직접 관찰을 시작했다. 윗날개 기부에 오렌지색 털이 부분적으로 있고 빛으로 반사하면 홀로그램처럼 오렌지색이 나타났다. 황급히 다른 일본산 바퀴벌레 표본과 비교해봤지만 루리바퀴, 우스오비루리바퀴, 아카보시루리바퀴한테는 그런 털이 없었다.

사카마키 교수에게 연락해 보관 중인 표본도 확인해달라고 부탁했다. '확실히 털이 있네요'라는 답변이 돌아왔다. 이 부위에 털이 나는 종이 일본과 대만에는 없다. 미기록종일 가능성이 크다는 생각에 흥분해서 사진을 수백 장이나 더 찍었다.

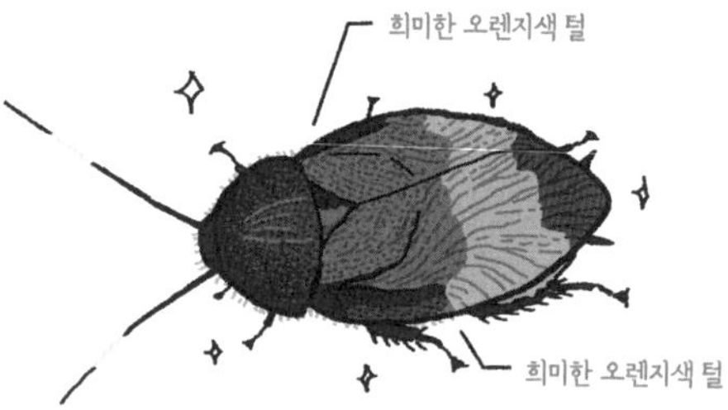


▲제4의 루리바퀴

# 루리바퀴와 종의 보전

그 후, 히루타 교수에게 DNA 분석을 요청하고 교미기의 형태를 면밀하게 관찰했다. 교수들과 함께 미기록종으로 판단하고 논문을 집필해 신종 '베니에리루리바퀴_Eucorydia miyakoensis'로 발표했다.

나는 베니에리루리바퀴가 일본에서 가장 화려하고 아름다운 바퀴벌레라고 생각한다. 이런 종이 여태까지 연구는커녕 존재마저 알려지지 않았다니 놀라울 따름이다. 바퀴벌레에 대해 아직도 모르는 것투성이지만 앞으로도 계속 발견된다고 생각하면 즐겁고 설렌다. 역시 바퀴벌레는 흥미롭다.

'제4의 루리바퀴'인 베니에리루리바퀴는 종의 보존법에 근거해 긴급지정종으로 지정됐다. 미려한 루리바퀴속은 옥션에서 거래되기 때문에 채집자가 얼마 안 되는 서식지에 침입해 서식 환경을 헤칠 우려가 있다. 2021년 7월 1일에 지정된 이후로 2024년 6월 30일까지 3년 동안 포획, 판매, 살상 등이 금지된다(우스오비루리바퀴도 함께 긴급지정종으로 지정됨).

종의 보존법에 의거해 바퀴벌레 종이 긴급지정종으로 인정받는 경우는 이번이 처음이다. 종의 기록부터 보전까지, 그 여정은 이제 막 시작됐을 뿐이지만 앞으로도 내가 할 수 있는 일을 하나씩 해나가겠다. 그것이 내 소명이다.

부록

# 아직 끝나지 않았다!

# 전 세계의 바퀴벌레

## 보석처럼 생겼다! 니지이로바퀴

**DATA**

학명: *Pseudoglomeris magnifica*

분포: 중국, 베트남

크기: 약 21~25mm

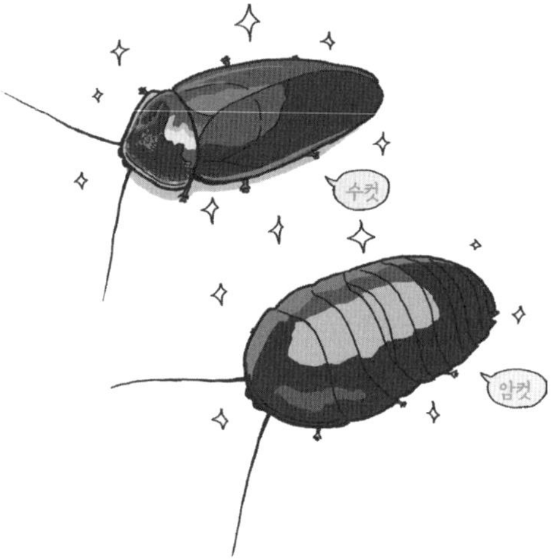


구리색과 청동색의 눈부신 금속광택이 보석 같다. 수컷 성충은 날개가 있지만 암컷 성충은 유충일 때처럼 동그스름하다. 무지개처럼 색깔이 다양하지는 않지만 아름답다는 사실에는 변함없으니 어울리는 이름이다. '에메랄드주얼로치'라고도 불린다.

## 바퀴벌레계의 닥스훈트! 히카리몬바퀴

**DATA**

학명: Lucihormetica verrucosa

분포: 베네수엘라, 콜롬비아

크기: 약 40mm

'글로우스팟로치'라고도 부르며 가슴에 2개의 노란색 무늬가 있다. 이 무늬는 개체마다 차이가 있다. 노란색 무늬가 거의 없는 개체도 있다. 왜 있는지 의아할 정도로 날개가 짧다는 특징이 있다. 다리가 짧아 '바퀴벌레계의 닥스훈트'다. 흙 속으로 잠수하는 능력이 뛰어나 위험을 감지하면 바로 숨는다.

## 집에서 마주쳐도 괜찮다! 도미노바퀴

**DATA**

학명: Therea petiveriana

분포: 인도

크기: 약 10~25mm

7개의 하얀색 무늬가 도미노를 연상케 한다. 전시에 내놓으면 '이렇게 생긴 바퀴벌레라면 집에 출몰해도 신경 쓰이지 않는다'라는 의견이 나올 정도로 바퀴벌레답지 않다. 동일한 속 중에는 하얀 무늬가 마치 '물음표' 부호처럼 보이는 하테나바퀴 Therea olegrandjeani 가 있다. 개체마다 무늬가 달라 비교해보는 재미가 있다.

## 그냥 귀엽다! 무츠보시텐다마바퀴

**DATA**

학명: Sundablatta sexpunctata

분포: 말레이시아, 인도네시아

크기: 약 8mm

6개의 노란색 무늬가 있는 작은 바퀴벌레다. 검은색 바탕과 빛나는 노란색 무늬 때문에 장난감처럼 보인다. 야생에서는 쓰러진 나무 위를 기어 다니는 개체가 관찰되었다. 가다 멈추고, 가다 멈추고…. '삐걱삐걱' 우스꽝스러운 몸짓이 재미있다. 머리가 마스코트 인형처럼 커서 귀엽다.

# 한약재로 사용된다! 시나바퀴

**DATA**

학명: Eupolyphaga sinensis

분포: 중국, 러시아

크기: 약 23~34mm

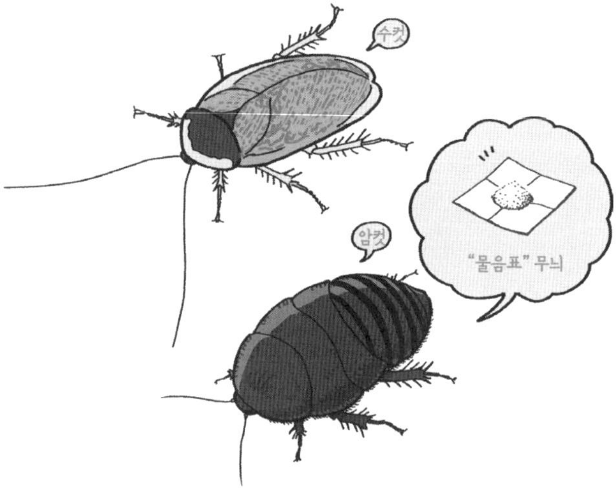


수컷 성충은 기다란 날개가 있지만 암컷 성충은 날개가 없다. 시나바퀴의 암컷 개체를 건조시킨 다음 분말로 갈아 한방 재료로 사용한다. '자충 '이라는 이름으로 판매되며 혈행을 개선하는 효과가 있다. 건조한 환경에서 사육하면 상당히 잘 번식된다.

## 아이를 돌본다! 고모리바퀴

**DATA**

학명: *Thorax porcellana*

분포: 인도, 스리랑카

크기: 약 15~25mm

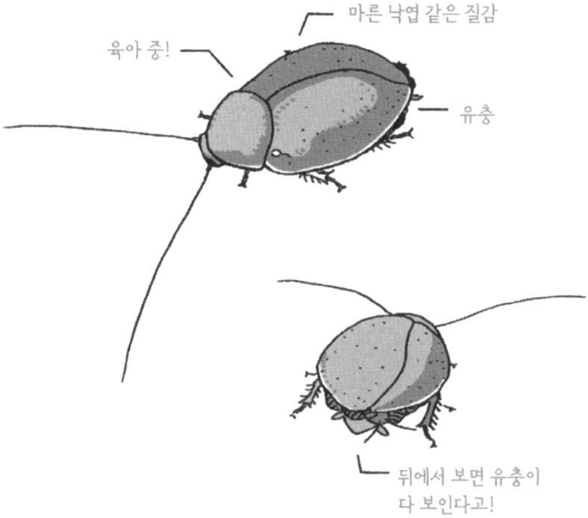


어미 고모리바퀴의 날개 아래에 숨은 유충은 어느 정도 자랄 때까지 어미의 등 쪽에서 분비되는 액체를 먹고 성장한다. 그야말로 육아하는 바퀴벌레다. 뒤에서 보면 '꿩은 머리만 풀에 감춘다'라는 속담이 떠오른다. 아직 어린 유충을 어미 고모리바퀴한테서 떼어내면 죽는다.

## 세상에서 가장 크다! 맘모스바퀴

**DATA**

학명: Megaloblatta longipennis

분포: 파나마, 에콰도르, 페루, 콜롬비아 등

크기: 약 65~97mm

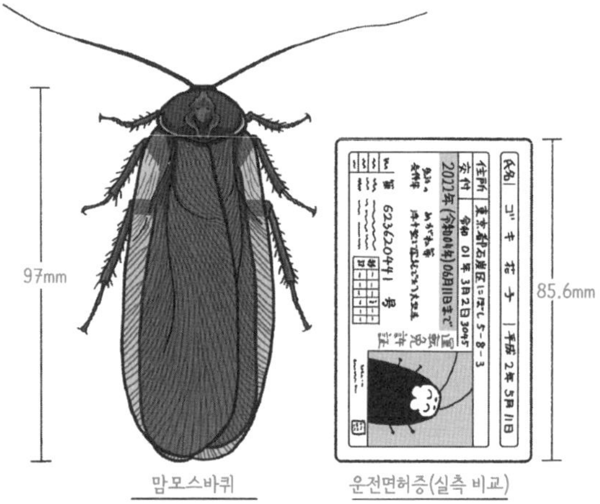


또 다른 이름은 난베이오오챠바네바퀴다. 날개 길이까지 포함하면 세상에서 가장 큰 바퀴벌레다. 검은색이라 그런지 몸집이 더 커 보인다. 게다가 두 날개를 모두 펼치면 존재감이 무시무시해서 한 번 보면 뇌리에 박힌다. 맘모스바퀴라는 이름이 붙을 만하다. 나무 틈 사이 등에서 발견된다.

## 세상에서 가장 무겁다! 요로이모구라바퀴

**DATA**

학명: Macropanesthia rhinoceros

분포: 오스트레일리아

크기: 약 70~85mm

세상에서 가장 무거운 바퀴벌레다. 땅에 구멍을 파고 생활한다. 유칼리 낙엽 등을 구멍으로 가지고 들어가 먹는다. 몸은 매우 단단하고 날개는 없다. 앞다리에는 구멍을 파내기 위한 가시가 많이 돋아있어 이름 그대로 두더지(모구라는 두더지를 의미한다) 같다. 유충이 성충으로 성장해가는 동안 부모 곤충이 새끼 곤충을 보살피는 행동양식을 가진 '아사회성subsociality' 곤충이다.

Epilogue

# 상상을 뛰어넘는 매력의 소유자

바퀴벌레를 싫어했지만 이리오모테섬에서 바퀴벌레의 매력에 눈을 뜨고 전시를 기획했다. 더 나아가 연구를 시작하고 책 출간까지 이르렀다. 돌아보면 꽤 독특한 길을 걸었다. 어린 시절의 내가 지금의 나를 보면 어떤 생각을 할까. 미래의 모습이 '바퀴벌레스트'라는 걸 알게 된다면 꽤나 놀라지 않을까?

이 책은 이스트·프레스의 카타타 씨의 기획 제안으로 바퀴벌레에 관한 교양서로 나오게 되었다. 미운털이 박힌 바퀴벌레를 소재로 어떻게 하면 독자들이 재밌게 읽을지 고민하면서 써나갔다.

바퀴벌레를 싫어하던 내가 바퀴벌레를 좋아하게 됐다. 바퀴벌레가 싫었기에 도리어 그들의 심정을 이해하고 더 친근하게 이야기를 꺼낼 수 있었다. 이 책은 바퀴벌레를 좋아하도록 어필하는 데 초점을 두지 않았다. 전문성도 최대한 걷어냈다. 표현을 궁리하고 전문용어까지 알기 쉽게 풀어쓰는 것은 무척 어려운 작업이었다.

일단 글을 썼다. 바퀴벌레를 한 번 보고 구상을 짜고, 또다시 쓰고 바퀴벌레를 쓱 보고 다시 구상을 짜는 날들이었다. 새삼 글로 옮겨놓으니 나와 바퀴벌레의 관계라든가 바퀴벌레의 어떤 점이 흥미로운지 생각해보고 정리할 수 있었다. 또 한 번 바퀴벌레와 진지하게 마주하는 시간이었다.

이 책을 작업하는 중에 규슈대학 종합연구박물관의 마루야마 무네토시 씨에게서 전화가 왔다.

"이번에 《학술연구 도감 LIVE》의 신판을 출간합니다. 바퀴벌레 페이지를 맡아주실 수 있나요?"

황홀한 제안에 흔쾌히 수락했다. 바퀴벌레 페이지를 셀로판테

이프로 가리던 내가 이제는 책을 쓴다니 이루 말할 수 없이 신기한 기분이었다. 이 책과는 결이 다르지만 동시에 작업하면서 상호 작용이 돼 책 내용에 훨씬 충실해질 수 있었다. 이 책의 집필에 지대한 영향을 끼쳤음은 분명하다. 좋은 타이밍에 제안해주셔서 정말로 감사드린다.

이 책을 쓰면서 여러 도움을 받았다. 바퀴벌레를 좋아하는 친구, 류요 곤충자연관찰공원의 기타노 노부오 선배와 아라이 가츠야 씨, 야마시타 요코 류요 곤충자연관찰공원 전前 관장님, 이 책을 쓸 기회와 원고에 적확한 조언을 주신 이스트·프레스의 카타타 사키 씨, 멋진 일러스트를 그려주신 가와사키 슌이치 씨, 책 디자인을 담당한 Q.design의 다쿠로 벳에게 큰 신세를 졌다. 깊은 예의를 표한다.

또한, 논문 집필과 원고의 기초부터 알려주신 시마노 사토시 교수님, 사카마키 요시타카 교수님, 신페이 히루타 교수님, 공동 연구를 수락한 Jhih-Rong Liao 교수님에게 이 자리를 빌려 깊은 감사를 표한다. 정말로 감사드린다.

그리고 미운털이 박힌 녀석을 다룬 책인데도 불구하고 이 책을 손에 든 독자 여러분께도 감사의 말을 전한다.

이미 여러 번 말했지만 5년 전까지만 해도 나는 바퀴벌레가 무진장 싫었다. 그런데 지금은 '가장 좋아하는 곤충이 뭐죠?'라는 질문에 망설이지 않고 '바퀴벌레!'라고 대답할 정도로 굉장히 좋아한다.

지금은 비록 바퀴벌레가 소름 끼치게 싫은 사람도 몇 년 뒤에는 바퀴벌레스트를 자칭할지도 모른다. '좋다'는 감정까지는 아니더라도 '바퀴벌레는 다양한 면을 지니고 있다', '생태계를 지탱하는 중요한 일원'이다. 이 사실만 알아도 필시 바퀴벌레를 바라보는 시선이 달라질 것이다. 그리고 다양한 장소에서 그들이 어디에 있는지 찾아볼지 모른다. 지식을 얻고 관점을 바꾸면 세상도 달라진다.

참고문헌


### ◇ 웹사이트

- earth 제약주식회사 〈개발 비화: 바퀴벌레 호이호이〉 (https://corp.earth.jp/jp/company/development-story/project01/index.html) 최종 접속 2022년 5월
- 주식회사 CIC 〈바퀴블로그〉 (https://www.cic-net.co.jp/blog/) 최종 접속 2022년 4월
- 셰어링테크놀로지 주식회사 〈바퀴벌레 연구〉 (https://goki.jp/) 최종 접속 2022년 4월
- Beccaloni G.W. 〈Cockroach species file online. Ver. 5.0/5.0〉(http://cockroach.speciesfile.org/HomePage/Cockroach/HomePage.aspx) 2014년, 최종 접속 2022년 4월

### ◇ 서적

- 아사히나 세이지로《일본산 바퀴벌레종(日本産ゴキブリ類)》(1991)나카야마쇼텐, 도쿄
- 이시이 쇼지로《바퀴벌레 이야기(ゴキブリの話)》호쿠류칸(1976), 도쿄
- 윌리엄. J .벨, 루이스. M. 로스, 크리스틴. A. 날레파《바퀴벌레: 생태·행동·진화 (ゴキブリ: 生態·行動·進化)》(2021) 도쿄대학출판회, 도쿄
- 주디스 . E. 윈스턴 《종을 기록하는 생물학자를 위한 실제적인 분류 순서(種を記載する 生物学者のための実際的な分類手順)》(2008년) 아라이쇼인, 도쿄
- 스즈키 도모유키《바퀴벌레라고~아름다운 바퀴벌레의 세계~(ゴキブリだもん~美しきゴキブリの世界~)》(2005) 겐토샤코믹스, 도쿄
- 쓰지 히데아키《위생해충 바퀴벌레 연구(衛生害虫ゴキブリの研究)》(2016)호쿠류칸, 도쿄
- 마치다 류이치로(감수), 일본 직시류 학회(편집)《일본산 직시류 표준도감(日本産直翅類標準図鑑)》(2016)갓켄플러스, 도쿄
- 모리구치 미츠루《앗, 바퀴벌레다!(わっ、ゴキブリだ!)》(2005)도부츠샤, 도쿄
- 야스토미 가즈오《바퀴벌레 이야기(ゴキブリのはなし)》(1991)기호도슛판, 도쿄

### ◇ 논문

- Uehara, Y. & Sugiura, N., 2017. Cockroach-mediated seed dispersal in Monotropastrum humile (Ericaceae): a new mutualistic mechanism. Botanical Journal of the Linnean Society, 185(1): 113-118.
- Yanagisawa, S., Hiruta, S. F., Sakamaki, Y., Liao, J. R. & Shimano, S., 2020. Two New Species of the Genus Eucorydia (Blattodea: Corydiidae) from the Nansei Islands in Southwest Japan. Zoological Science, 38 (1): 90-102.
- Yanagisawa, S., Hiruta, S. F., Sakamaki, Y. & Shimano, S., 2021. A new species of the genus Eucorydia (Blattodea: Corydiidae) from the Miyako-jima Island in Southwest Japan. Species Diversity, 26(2): 145-151.